真正的优雅，

温柔了时光

柏轻舟

著

中国出版集团　现代出版社

图书在版编目（CIP）数据

真正的优雅，温柔了时光 / 柏轻舟著. -- 北京：
现代出版社, 2018.11

ISBN 978-7-5143-7446-9

Ⅰ.①真… Ⅱ.①柏… Ⅲ.①随笔 – 作品集 – 中国 –
当代 Ⅳ.①I267.1

中国版本图书馆CIP数据核字（2018）第235063号

著　　者	柏轻舟
责任编辑	杨学庆
出版发行	现代出版社
地　　址	北京市安定门外安华里504号
邮政编码	100011
电　　话	010–64267325 64245264（传真）
网　　址	www.1980xd.com
电子邮箱	xiandai@cnpitc.com.cn
印　　刷	三河市祥达印刷包装有限公司
开　　本	880mm × 1230mm 1/32
印　　张	8
字　　数	180千字
版次印次	2019年3月第1版　2019年3月第1次印刷
标准书号	ISBN 978-7-5143-7446-9
定　　价	39.80元

钟楚红

/

001

她是朱砂痣，亦是白月光

她是港人心口上的朱砂痣，

亦是港媒不舍乱写的白月光，

艳极，清极。

她常说，自己是个笨女人。

其实，在娱乐圈的声色犬马、世人对她的宠爱里，

以退为进，她是何等聪明。

乐天知命，放在平凡人身上尚且不易，

她却笑笑，接住了命运掷来的眷顾与狂澜。

徐　枫

/

015

当得起"侠女"，也担得起"传奇"

汤先生说，

在遇上徐枫前，

他从没想过一个女人也可以有这份义气、这份承担。

她的传奇，

或许不仅仅源自于不输男子的能力与魄力，

更源自于，她对这世界深沉的担当与爱意。

夏　梦　•　•　**若曾遇到她这样的女子，你还能爱上谁？**

／

031

她是香港公认的西施演员，
也是金庸笔下无数天仙美人的原型。
从声色犬马、灯红酒绿的娱乐圈中走来，
经过了一段政治复杂时期，
而能令香港的左中右派都无恶言。
她懂得什么是生存之道，懂得人活一世什么最珍贵，
更懂得什么样的人适合共偕白首。
生于时代风口浪尖，她始终可以做到低调又体面地退出。
比之美貌更加出众的，是她取舍之间的智慧。

王祖贤　•　•　**最好的女子，经得起繁华，也受得住平淡**

／

045

二十出头的时候，她说女孩子终究是要"结婚"的。
十年后，她在字典里抹去了这两个字。
两段情伤难自愈；一旦自愈，便是万事皆空。
爱是空、怨是空，缘也是空。
别了来时的繁华，也别了去时的落寞。
经年再见，她心静如镜湖，笑言：
此刻最享受的，
不过是人群中的清风朗月。

赵雅芝 · · · 且以优雅度一生

/

061

世人将她奉为"优雅"的代名词，
我想，若将她的"优雅"拆解，
绝不仅仅是美或高贵，
而是她身上老派的从容、淡定、自持与得体。

黎姿 · · · 没见过玫瑰流泪，又怎配拥有玫瑰的香

/

077

她是真正的公主，却从来没有在城堡里住过一天。
在贫瘠的成长之路上，她守护着一个小小的家，
悲伤着，坚强着，努力地盛放着。
荧幕上，她塑造的绍敏郡主一生无忧，灿若玫瑰。
现实中，她百折不挠做家人的大女主，坚如磐石。
人人都以为，风雨后，玫瑰只得枯萎，
却不知，撑下来的那株，香气会愈加馥郁。

张曼玉

/

093

我只爱生命原本的样子

杜可风形容她是最值得欣赏的女人，
"能在思想上带我走进一个我没去过的地方"。
刚出道时她的样子是俏丽可爱的，
选美时就抓住了一批女性看官的好感。
而她的真正魅力，
是从片场里浸染出来、于时光里雕刻出来的。
自然、纯净、坚韧、优雅，不失知性的美丽，
岁月改变了她的气质与格调，
不变的，是她对本我的坚持。

刘嘉玲

/

109

铅华历遍，渐入佳境

同代女星里，刘嘉玲的样貌谈不上惊艳，
气质也不够"脱俗"，
但她有过人的胸怀魄力，
敢在风口浪尖站出来捍卫尊严，
能跟一个万人迷影帝谈上二十多年的恋爱，
最后还结了婚。
在她身上，你永远看不到惊慌与尴尬。
她有足够的坚忍耐力，在代代更迭的演艺圈里，
少了短跑的爆发力，却是实打实的马拉松冠军。
在人生的赛道上，她是不声不响走到领奖台的人。

胡因梦 · · · 云深不知处，众里不再寻

/

125

有人曾这样形容林青霞和胡因梦：
林青霞之美像国画，剑眉星目间有大幅泼墨的富贵感；
胡因梦就是小品，笔法隽永古典。
胡因梦内外合一，是写意的、自由的。
遇上糟糕的原生家庭、最毒舌的前夫李敖，
都不曾改变她对生命自由价值的追逐。
她比很特别的美女，更多一分特别。

朱　茵 · · · 如果结局是你，晚一点也没有关系

/

143

她曾在一段不成熟的爱情里陷入困局，
从纠结到困惑，从困惑到释然。
又在另一段成熟的爱情里得到救赎，
学会了开朗、豁达与包容，
成长为一个心智成熟的"大人"。
世人都沉浸在她与巨星过往的爱恨里，
她却已在平淡真实的宠爱里，
读懂了爱的真谛。

俞飞鸿

/

159

我不过被定义的人生

她的身上永远散发着一种非常镇定的美。
很多人欣赏她，爱极她嘴角轻轻上扬的微笑，
仿似世事皆在她意料之中。
那份自信与通透，是一种阅世能力，
也是一种处世态度。
近知天命之年，没有结婚，没有生子，
遵从内心，过自己真正热爱的生活，
是她最有魅力的地方。

叶　童

/

173

室雅何须大，有麝自然香

她是香港20世纪80年代公认的美人，
拍惯了女人的王晶形容起她来
用的是"眼角眉梢、皆是风情"。
到了90年代，却成了大陆家喻户晓的俊书生。
哥哥曾说，他最中意叶童，天才来着。
谈起旧时辉煌，她笑笑说，那都已经过去很久了，
若是哥哥还在，或许也不会这么说了。
简明磊落、不蔓不枝，好一个女中君子。

陈美琪 · · · **小青不是个没故事的女同学**

/

187

她曾有过一个不幸的童年，孤儿院长大，孤单无依。
也曾有过一段丑闻闹到全港尽知的婚姻，
虚耗七年，一无所获。
而立之年，江湖复出，却多了一枚"才女"标签。
她的前半生告诉我们，求知、上进是个好习惯，
一个女子若不放弃自己，
一切坎坷与低微皆不是阻碍。

袁咏仪 · · · **简单的美人，运气往往不会太差**

/

199

在纷繁复杂的娱乐圈里，她始终是一个好简单的人。
这份简单，源于她为人处世极强的原则性，
辅之直率、开朗的性格。
这个众女神圈里唯一的"小正太"，
人如其形，无拘小节，随运而安。
从不患得患失、纠结自苦，
有话摊开讲，有问题解决问题，
这样的人生，想想都痛快。

曾华倩

/

217

珍珠的光华，岁月最了解

她是珍珠一样的女人，自带一种低调的纯洁和高贵。
出身好、教养好、相貌好，有人捧、有人宠，
却也非事事如意。
她与刘嘉玲、梁朝伟年轻时候的爱恋曲折，
媒体喜欢拿这段旧事添油加醋，
帮她塑一个"悔不当初"的苦情形象。
她便拉着"情敌"节目上谈笑风生，行为佐证：
旧事如烟，早已翻篇。

山口百惠

/

231

我决心去爱，去经历创伤

众人眼里她是偶像、是女神，
是日本影史上一座难以企及的高峰。
但对她来说，一个平凡、完整的家庭给予的美满，
却是多少掌声与虚名都换不来的。
二十一岁，她站在舞台上落泪发表引退感言，
转身的背影悲壮又凄美。
她说：我决心去爱，去经历创伤。
所幸，所遇是良人，白头共余生。

钟楚红：她是朱砂痣，亦是白月光

她的香

· · ·

她是港人心口上的朱砂痣，

亦是港媒不舍乱写的白月光，

艳极，清极。

她常说，自己是个笨女人。

其实，在娱乐圈的声色犬马、世人对她的宠爱里，

以退为进，她是何等聪明。

乐天知命，放在平凡人身上尚且不易，

她却笑笑，接住了命运掷来的眷顾与狂澜。

一

　　香港娱乐圈流传过一句话：王祖贤的腿，钟楚红的嘴。

　　钟楚红，在很多人的记忆中占有一席之地。

　　她是那个曾活跃在大银幕、拥有万种风情的女子——《胡越的故事》里命运坎坷的越南少女"沈青"；《秋天的童话》里日日带"茶煲"（trouble）给船头尺的文艺女青年"十三妹"；《流金岁月》里妩媚世故又讲义气的平民女孩"朱锁锁"；《纵横四海》里摇曳生姿、温柔可人的"红豆妹妹"……

　　她在圈中人缘甚佳，被大家称为"红姑"，几乎每一位老友说起她，都不吝溢美之词。

　　张国荣当年曾在香港四大才子之三黄霑、倪匡和蔡澜主持的访谈节目《今夜不设防》中说，"红姑太靓了，靓到她演戏偶尔出了错都马上原谅的那种"，又称赞她是全香港穿皮衣最靓的女星。

蔡澜有段时间热衷于在微博上回答问题，有人问他："蔡先生认为香港女星中最漂亮的是哪位？最有气质的是哪位？又漂亮又有气质的是哪位？"

他回答："钟楚红，钟楚红，钟楚红。"

她自己也曾坦承，平时不敢随便和异性对视，怕人家以为她在乱放电。

黄霑问她觉得自己哪里最迷人，她答："性格！"

真是聪明又美好的答案。

"她永远给人一种很甜、很舒服、很温柔的感觉，美但不傲，没有霸气，眼睛笑起来像会说话，给人一种亲切的感觉。"刘德华的这段评价，可以说相当中肯地概括了红姑的魅力所在。

在纷繁复杂的娱乐圈，尤其是20世纪八九十年代的香港娱乐圈，她一直都是个自持自重之人，永远谨慎行事、识趣自知、善以待人。

在人人力争上游的名利场，尤其是必争之地金马奖、金像奖颁奖礼上，她数度提名均无收获，亦不过是一笑置之，轻松退场。

在聚散不定悲欢无常的俗世间，在经历与她恩爱十六年的丈夫去世后，她开始学习插花、钻研摄影，独自旅行、做慈善……笑对伤痛，把一个人的日子过得有声有色。

这样淡泊、乐观又质朴的性格，或许与她不算富有但氛围温馨的平民家庭出身有关。

二

钟楚红的家庭很普通，父母经营小本女装生意，她是家中四个孩子里的大姐，十岁起就帮父亲管理账目，稍大一点，就开始边读书边打工来贴补家计。

成年后去参选香港小姐，也是在母亲张罗下，为了分担家庭重担而去的。

与今日"香港小姐"的日落西山不同，在当年，一年一度的香港小姐竞选可谓全城关注的盛典。

竞选港姐的佳丽，既要样貌身材出众，又要高贵端庄、仪态万千，个个站出来，都要当得起香港魅力的活名片。

邵逸夫年纪大了之后，基本上TVB大部分活动都不会参加，只有两个活动例外：一是每年TVB的台庆，一就是香港小姐总决赛，年年必到。

"我不喜欢旗袍，讨厌高跟鞋。"提起当年参加港姐竞选被指定的行头，红姑后来曾简单总结道。

因为不会穿高跟鞋，导致现场失误，当年的港姐选举红姑屈居第四，却仍被评为历代"最美艳港姐"。

当然，这是后人回顾总结时对她的赞誉。

事实上，当年在舞台上紧张到面无表情的红姑，没有让评委意识到她独树一帜的美。

赛后，在TVB的试镜中，她再次落选。

正准备回家继续自己的平凡日子时，却得到了当时已是电影界名角的刘松仁的赏识，推荐她参演杜琪峰的《碧水寒山夺命金》，和自己演对手戏，就这样，红姑成为了邵氏的签约演员。

三

入行之路一波三折，入行之后却一帆风顺。出道第三年，钟楚红的名字已大红大紫。

由许鞍华执导的《胡越的故事》，女主角本来是找陈玉莲，但当时陈玉莲正在和周润发热恋，推掉了片约，正好有一天电影公司介绍了钟楚红，制片人、投资人都非常满意，导演许鞍华却持保留意见："这样的靓女，和电影里沈青坎坷的命运不太符合。"

开拍之后的效果却让许鞍华大大意外，后来她曾不无感慨地说："拍摄期间，我和钟楚红等五人挤在一个房间睡，三个在地上、两个在床上。但大家相处得很愉快，钟楚红有时候还帮我洗袜子。"

率性的钟楚红有时候甚至跑出来指挥群众演员，许鞍华说，看这么漂亮的女孩在片场带着一群人跑来跑去，是件非常有意思的事。

凭着过人的悟性和演技，她不但得到了导演和观众的认可，还在第二届金像奖上获得最佳女主角提名，最后虽不敌林碧琪，却得到另一个更让电影投资老板心动的奖杯：最受欢迎女演员奖。

这部电影让更多的人记住了钟楚红，更重要的是，拉开了她和周润发"银幕情侣"的序幕。

四

关于这对银幕情侣，有评论说，年轻时的发哥具备了一切完美的基因，而红姑的性感是那种健康到毫无痕迹、自然到理所当然的，如此二人，是为绝配。

仔细想想，以当年的发哥在观众心目中的完美地位，除了钟楚红，还有哪位女性站在发哥身旁能让观众赏心悦目又甘之如饴？

红姑的美丽，是在美丽的概念还未被扭曲之时的真真切切。

她是热情尤物，又是娇憨少女，浑身散发着健康气息的美，不白如纸，不瘦如柴。

她的性感，不需要过多地裸露，因为那是从骨子里透出来的高级性感——落落大方、自然不作、兼具内魅。

即便偶尔衣着清凉，也只会让人觉得好美、好有朝气，而不是停留在肉欲的性感上。

资深经纪人余嫣曾回忆："记得有一次，和她吃午饭，那时她在影圈已很有名气，但到酒楼已经迟到一小时，一坐下便叫着肚子饿，拿起筷子便往剩菜中夹。那剩菜是我们几个朋友先叫一点打牙祭的，一碟烧鹅只剩两块皮多于肉的骨头，令人再提不起食欲，她却把皮和肥肉轻轻咬掉，然后吃那一丁点儿的瘦肉。两片丰腴的小唇片上下蠕动，又性感又可爱。"

性感又亲切可爱的钟楚红在20世纪80年代被捧上了天，邵逸夫称她为"80年代最性感的女神"，港媒顺势大张旗鼓地捧将起来，于是她有了"香港的玛丽莲·梦露""漂亮宝贝""性感偶像"等称号。

这样的天时地利人和，大概是很多人趋之若鹜的，然而钟楚红实在是一个淡泊名利的人，盛誉美言仿佛与她无关，也没有发表什么感恩的言论，仍然埋头拍她的电影去。

那段时期，她与林青霞、张曼玉、梅艳芳合称"霞玉芳红"，叱咤影坛。

不久前去世的李敖曾撰文说："玛丽莲·梦露如果一直活下来，大概就是钟楚红的样子。"

倪匡也曾说，自己当年看电影，就是为了看钟楚红。

红姑的演技跟她的外在气质是一脉相承的，洗练大方，舒展自然，毫不做作，举手投足间自然散发迷人魅力。

她和周润发合作的《秋天的童话》，是张婉婷"移民三部曲"中的第二部，也是香港爱情文艺片的经典之作。

她在片中饰演的"十三妹"令人十分难忘，无论是恋人背叛后的黯然神伤，还是新恋情不知不觉萌芽的甜蜜与纠结，都让红姑演绎得细腻而深刻，让人回味无穷。

这一角色，也是钟楚红最为满意的角色之一。

偏偏那一年，梅艳芳凭《胭脂扣》与她的《秋天的童话》齐齐提名金像、金马奖最佳女主角，最后她双双落败，梅艳芳则包揽双料影后。

有些时候，就是运气不好而已。

从影十一年，她拍片六十部，六度获得金马奖、金像奖的最佳女主角提名，两次获得亚洲影后，但直到正式息影，她也没能获得金马奖、金像奖的奖项。

后来有人问她，遗憾吗？

红姑说："不遗憾，没得奖就证明我演得还是不够好。"

得之我幸，失之我命，这答案很红姑、很淡然。

1991年，在《纵横四海》中，钟楚红与周润发再度合作，携手张国荣饰演通天大盗。娇憨明媚的红豆一角，令她红遍东南亚，"纵横三人"声名远扬。

红姑的身上有一种强大的磁场，张国荣、发哥、陈百强等，每个与她合作过的男星都成了她的好友，无不对她表示由衷赞赏却不带一丝暧昧情愫。

她说自己是个笨女人，只有自己喜欢的人才会去接近。

对爱情执着专一的她也几乎没什么花边新闻，只有两段不成绯闻的绯闻。

刚出道那会儿跟成龙拍《奇谋妙计五福星》，媒体炒作他俩的绯闻，为避免谣言，她果断放弃了第二部的拍摄，放弃了趁热打铁、持续走红的机会，后来该系列的女主角改由胡慧中接替，凭借此片，胡以打女的定位在香港走红。

林子祥追了她两年，经常抱着一盒干炒牛河在她收工必经的路上等她，但是红姑知道他是有家室的人，一直躲着他。

1991年，也是钟楚红事业的鼎盛时期。

钟楚红的红，从20世纪80年代一直持续到90年代，无数观众都在期待她更多的作品。

可惜的是，1991年拍完《纵横四海》《极道追踪》后，她就结婚去了，真命天子乃广告才子朱家鼎。

<h2 style="text-align:center">五</h2>

朱家鼎的父亲是昔日上海著名的电影制片人朱旭华。

朱家鼎少年时的梦想是当一名导演，在就读九龙华仁中学时，他导演的莎士比亚的名剧《麦克白》参加香港中学生话剧比赛，最终夺得最佳话剧兼导演奖。

中学毕业后，他前往美国加州攻读建筑学，后转读艺术及设计。

回港前他在旧金山当过设计和广告美术指导，回港后加入当时香港最具创意的堂煌广告，任副创意主任，后创办灵智广告公司，1992年、1993年连夺广告界的"香港金帆大奖"，他个人先后获得国际及香港奖项达两百多个。

在这众多奖项中，最令朱家鼎得意的作品，就是铁达时手表广告。

它要求以"天长地久"作主题，朱家鼎沉思良久，写下一句广告词："不在乎天长地久，只在乎曾经拥有。"

广告一出街，这句广告语立刻红遍大江南北，且一直流传至今。

他与钟楚红的姻缘，也是由广告促成。

当年他为运动品牌 PUMA 创作广告，构思由球王贝利与形象健康、性感的钟楚红合作拍摄广告。

那次合作，两人一"拍"难忘，后来逐渐发展为恋人。

1991年，两人在美国圣百兰天主教堂举行婚礼，婚礼花费200多万港币，轰动一时。

婚礼盛典当天，天空飘起了蒙蒙细雨，根据当地的风俗，结婚之日下雨是好兆头。

此后，在众人讶异以及不舍的挽留声中，"最红不过钟楚红"的钟楚红，毫无留恋地退出了演艺圈。

正式宣布息影做全职太太，无论多少片约也不再复出拍戏，红姑曾甜蜜地对媒体说："一个人有所得必有所失，我是个笨女人，只能花百分之百的精力做好一件事，所以只能选择照顾好家庭。"

她与先生商定不要孩子，因为她觉得自己没有能力也不情愿去养育一个孩子，而挚爱她的先生也同意了。

虽未孕育后代，但多年来他们一直恩爱有加，从无绯闻，闲暇时两人满世界地去旅游，好不惬意。

在同期那批女星中，红姑的婚姻或许是少数做到了自始至终恩爱如初的，然而最大的遗憾是，这种完美提前谢幕了。

在两人幸福婚姻的第十六个年头，朱家鼎因大肠癌病逝，享年五十三岁。

在丈夫的追思会上，红姑写道：

"你知道吗？你给了我人生最精彩的20年，让我认识到人生的真善美，最宝贵的是我曾经拥有你，直到永远。"

两年后，钟楚红为圆生前曾是虔诚天主教徒的亡夫的遗愿，开始上教堂、报读"慕道班"，正式接受领洗成为天主教徒。

"不在乎天长地久，只在乎曾经拥有"——这句浪漫隽永的广告词，是朱家鼎的代表作，似乎亦在冥冥之中预言了他们的结局。

那年，钟楚红不过四十七岁，人人都以为她会再嫁，她说：

"不会，我答应了他，会好好地活下去，要他放心。他给我的，已足够我一生受用，无论在知识上，还是精神上。

"曾经拥有这段婚姻，已经很完美，有谁比他更好呢？我本身也不容易中意一个人。"

她说，朱家鼎是她一生唯一的最爱。

六

没有丈夫的日子，红姑没有重返声色犬马的演艺圈，而是选择按照自己喜欢的方式洒脱过活。

她养花，烹饪，旅行，花大量时间钻研摄影，记录身边一切美好的事物。

甚至还开了个人影展"To Hong Kong with Love"，并发行了同名影集，把所得收入捐助给"香港地球之友"，推动环保教育。

空闲之余，又爱上画画。

她的画作，卖到几十万一张。刘嘉玲的豪宅里，就悬挂着她的作品。

活得如此洒脱通达，在她身上，你看不到属于中年妇女的低沉之气，相反，她依然笑容灿烂，那股天真娇媚之气，似乎不曾沾染半分对命运的哀怨。

多年过去，当人们以为她终于渐渐将他遗忘，翻开新篇章，然而她轻描淡写地说：

"我是很真实地感觉到他不在我身边的。

有时候我感受到身边的美好，

吃到一顿很美味的佳肴，看到大自然很美丽的风景，

经过一个很靓的花园，有好靓的花和树，

我都会想'如果他在这里，跟我一起分享有多好'。"

为什么要遗忘呢？她选择带着对他的回忆和承诺，勇敢地走向更开阔的风景，心里却永远留一个位置给他。

作为朱家鼎遗嘱里的唯一继承人，红姑原可以富足地度过余生，这些年不知多少人请她复出都被她婉拒，然而数年后，她突然改变了主意，复出拍广告。

事因朱家鼎生前斥巨资建设的度假酒店断了资金来源，她希望能够通过自己挣钱来完成丈夫的遗愿。

他走后，她身边不乏追求者，但她始终没有再婚，也不给任何人机会。

"谁会敢黏上来？哈哈！没人敢。即使有人非常隐晦地暗示，我也会假装不知道。

"如果有人献殷勤，我也不会给人任何机会。我不想害人，也不想让别人尴尬。

"最重要是不要误导别人，比如去旅行的时候，别人看你，你就不要看他啰。

"有时在国外的餐厅，有男性走过来打招呼，我的样子好凶，他感觉没趣就会走开。"

被问到感情生活，她嘻嘻哈哈如是说。

人人都知当年朱家鼎对她好，好到什么程度？

有一次，半夜家宅进了小偷，朱跟小偷说："你要拿什么你拿就好，不要把她（钟楚红）弄醒。”

任何人被如此妥帖而郑重地宠爱过，大概都能理解红姑的选择。

因为深爱，所以无可替代。

七

世间对钟楚红有许多赞美之词，其中有个形容很有意思：“明明长得极艳，心里却装着清凌凌一湖水，时刻照着自己……”

如今红姑已经五十九岁，种花植草、旅行摄影、环游世界，关注环保和慈善，一个人过得自在丰盈，有声有色。

除了自由随心的一人世界，还有多姿多彩的好友圈子。

虽然那么多年不在娱乐圈，但曾经的情谊一直都在，她办画展、出影集，不常露面的朱玲玲、叶倩文、林青霞都去给她捧场，刘嘉玲也会去看她的展览，周润发夫妇跟她的情谊更是长长久久。

偶尔，她受邀出席一些晚宴，依旧是那么光彩照人，尤其眉梢眼角，多出几分慈悲，眼睑垂垂的，不笑也像是在笑。

她的笑，让人能真正读懂“岁月静好，现世安稳”的含义。

忆往昔，风情何止千万种，最红不过钟楚红。

多庆幸，世间还有她，出走半生，归来仍赤子。

徐枫：当得起"侠女"，也担得起"传奇"

她的香

· · · ·

汤先生说，
在遇上徐枫前，
他从没想过一个女人也可以有这份义气、这份承担。
她的传奇，
或许不仅仅源自于不输男子的能力与魄力，
更源自于，她对这世界深沉的担当与爱意。

一

历来各大华语电影、电视节的各类奖项名单一出，多多少少都会引起争论，演技问题、咖位问题，甚至电影的题材、立场，等等。

但有一个奖，从无黑幕、无人质疑，那就是：终身成就奖。

每年这个至尊大奖的得主评选都煞费苦心，在所有奖项提名公布前就昭告天下，地位隐然凌驾于所有奖项之上。

去年的第五十四届金马奖颁奖礼上，终身成就奖颁给了昔年的两届金马影后——徐枫。

年近古稀的她，在两位帅名在外的儿子以及许久不曾露面的妹妹徐杰陪伴下出席，一袭黑色蕾丝长裙，钻石耳环、钻石胸针，再配上一如既往的热情笑意，璀璨光华，难掩富贵。

"四十多年来，她一直享受着一个非常美丽的名字——侠女。背负一个美名是很困难的，但是她做到了。侠女冷艳无情，但现实中她很热情。她是个好演员，也是个非常有眼光的制片人。《山中传奇》修复版便是来自她慷慨的捐助。"

颁奖嘉宾是当届金马奖的主席张艾嘉，在她说出这番颁奖词的同时，现场配放的画面是徐枫制片的经典电影《霸王别姬》，突出了徐枫作为制片人，对华语电影的帮助。

当即，现场所有人都为之起立鼓掌。

这位金马史上第二年轻的"终身成就奖"得主的故事，说起来，可算是一个传奇：早年曾以某位电影大师的缪斯女神为世人熟知；后以一场童话般的婚礼而正式息影；在嫁入豪门数年后，又以新的身份（制片人）对华语电影圈做出巨大贡献。

放眼整个中外电影史，符合这样传奇人生轨迹的只有两位女星：一位是曾经的"摩纳哥王妃"格蕾丝·凯利，另一位就是徐枫了。

二

人们常以"一代侠女"称呼徐枫，因为她息影前所出演的大部分名作都是武侠电影，她的代表作《侠女》，确实也很好地总结了她这一生戎马。

同时，她的性格中有一般女性少有的重诺与担当，是叫人佩服的。

"从十六岁开始，整整十五年，我在武侠世界、电影社会中成长，'忠孝仁义、侠义恩仇'这些传统的道德观，深入我的骨髓。"

徐枫最初进入电影界，和很多人一样，因为家境不好，她五岁时就失去了父亲，之后母亲改嫁到一个同样经济窘迫的家庭，作为长女的她，高中还没毕业，就不得不承担起一个成年人的责任：挣钱养家。

为确保能找到一份工作，她同时应征了两个工作：工厂女工和电影演员。

试镜的那天，一共只看过三部电影的徐枫，要面对一千多人只选十二人的竞争，她穿着土气的白裤子、蓝白横条T恤来面试，导演给出了一个题目：面对心爱男人与别的女人的结婚照。

不懂演戏的徐枫，看着照片，想起自己的艰难身世，不由自主流下了眼泪。

一旁的导演以为她是在表演，直喊"zoom，zoom"，并要摄影师锁定眼睛特写。

这不是表演的表演，尤其是那双眼睛，打动了导演，徐枫最终被以高分录取。

一个星期后，她也收到了工厂的录用通知。

"幸亏是一个星期后才收到，否则，我一生的命运将要重写。"

若真是这样，恐怕香港、台湾和内地的电影史，也都要改写。

决定录用徐枫的这位导演名叫胡金铨，是中国第一位靠武侠电影在国际影坛扬名立万的导演，曾被英国《国际电影指南》评选为"世界五大导演"之一。

除了徐枫，他还有另外一个女弟子，叫许鞍华。

<h2 style="text-align:center">三</h2>

徐枫的第一部电影，就是创下票房佳绩的《龙门客栈》，不过当时她只是这部电影里一个小角色，真正的女主角是另一位侠女——上官灵凤。

徐枫说当时自己很怕摄影机，所以总是躲着。

谈及胡金铨，徐枫称之为提拔她入门的恩师。

在剧组里，胡金铨是从语言、礼仪、表演等方面从头教起，"胡导演教我们纠正国语，教我们吃西餐，教我们基本的舞蹈，还有教我们怎样演戏。都是从头一点点教起，比如说，'你看机器对着你，表示机器里面就会有你'"。

在片场除了演戏，他们这些新人还要担任其他剧务工作，比如徐枫，就要负责人工制造烟雾。

跟着恩师慢慢学习慢慢积累，后来凭借一部《侠女》，胡金铨将徐枫带到了戛纳。

徐枫坦言，那次戛纳之行打开了她的视野，让她对于电影有了一种国际观，"那时我才知，原来拍一部电影，可以得到那么大的尊重。所以我才会成为制片人，才会有后来的《滚滚红尘》《霸王别姬》。我成立了电影公司，在里面挂一个世界地图，我说要在全世界的电影院上映我们的电影，人家都是当一个笑话在听"。

在徐枫的记忆中，胡金铨几乎骂过每一位演员，除了白鹰。

"他会骂人，骂人就一个字：笨。《侠女》里演瞎子的白鹰，很聪明。我很奇怪白鹰怎么总是不被骂。我留心观察，发现胡导说'来，试一遍'，然后他每次都做到一百分。后来，我也试一遍就做到最好，被骂果然越来越少了。胡导从来不当面夸我们，但是我听到人说，他真的有跟人家说'徐枫生得七窍玲珑心，耳听八方'。"

两人的关系，既像师徒，又似父女，不管徐枫后来取得多高的成就，在胡金铨眼里，她永远是那个16岁的小女孩。

四

后来徐枫当上了电影公司老板，已经拿了金棕榈奖，想了想，觉得很久没有人拍武侠片了，就和胡金铨说不如我们来拍一部，并找来徐克做制片人、程晓东做武术指导。

本来都跟汤臣谈好了，徐克突然跟胡金铨说，他有《笑傲江湖》的版权，问胡金铨："你能不能劝劝徐枫让我们先拍《笑傲江湖》？"

这其实等于是要绕过徐枫了，胡金铨虽觉不合适，但还是问了徐枫的意见，徐枫的回答是："导演，真的没关系，只要你喜欢，这些都没关系的。"

电影大概拍了三分之一，胡金铨和徐克就闹翻了，胡金铨甚至一度退出剧组。徐克改剧本改了14版，最后我们看到的那部《笑傲江湖》，是胡金铨、徐克、李惠民、金扬桦、程小东、许鞍华六个导演的共同结晶。

当时她不知道什么原因，也根本不敢去问她的恩师。

那次"流产"的合作，也让徐枫明白了一个道理，她跟胡金铨师徒情深，但却不能平等地合作。她有一套自己的做事原则，跟别人做制片人不一样，拍片前一定要跟导演谈很久，几个幕后人的理想、目标都要一致。

比如她买了李碧华的小说《霸王别姬》的版权，就去找陈凯歌，跟他说一定要张国荣来演，那时候陈凯歌根本不知道张国荣，徐枫就给他看张国荣的相片、杂志、影片，一步一步让他理解并接受她的选择。

然后陈凯歌希望张丰毅来演霸王，原本霸王这个角色徐枫并没有既定的人选，可是她觉得张丰毅老是演痞子之类的。

陈导问她："徐枫你觉得霸王这个人应该怎么样？"

徐枫答："你想想看，一个男人、一个女人都这么爱这个霸王，他一出场观众都要被他镇住。"

陈凯歌说："霸王这个角色应该是台上是霸王，台下是吃喝嫖赌样样都来。"

徐枫一听，当即点头："那就张丰毅。"

人的思维有时会被困住，经志同道合的人一提点，便茅塞顿开了。

在徐枫的理念里，电影就是这个样子聊出来的。

而在胡金铨眼里，她永远都是那个16岁的小徒弟，"他会觉得，徐枫你根本不懂电影，你的电影都是我给你的。他没有想到我已经长大了，就算我得了金棕榈，他也觉得我是一个小孩子。那么，我就当一辈子的小徒弟就好了，乖乖的，你也不要啰里啰唆"。

五

大概因为出演了太多武侠电影，徐枫身上也带有一股江湖儿女的豪气。

因为母亲的意愿，她嫁给了一个不爱的男人，对方用她的名字做生意，欠下巨债后跑路，徐枫万般无奈下只能靠拍片还债。她后来的先生汤君年，也是当时的债主之一，而且是最大的债主。

他追债而来时，徐枫颇具豪情地告诉他："我每天在拍片存钱还债，你追得太紧抓我去坐牢的话，大家都没好处。你的债我一定会还，但你要给我时间，我说得出做得到，请你相信我。"

彼时，汤君年三十几岁，还是个黄金单身汉，一看此女有勇有谋，有担当有魄力，有颜值有气质，当即动了心，开始追求她。虽然他是非常内向的人，也不喜欢到拍戏现场，可是却会风雨无阻送徐枫去很远的片场，戏拍完之后，又去接她回来。

可以说，为了追求徐枫，当年的汤君年做了很多不符合他个性的事。

他出生在一个很传统的家庭，他们家是绝对不可能同意他娶一个电影明星的，更不要说还是个离过婚的女人。

可是当年的汤君年，非徐枫不娶。

徐枫的童年是看着继父的脸色长大的，在饭桌上连夹个菜都会先留意继父的表情。她从小养成的习惯，是先为周围所有的人着想，总是在为别人操心，她很懂得如何爱别人，而自己的感受是放在其后的。

面对汤先生的追求攻势，她曾犹豫过，最终无法抵挡，"当时公婆并不同意他娶一个演员，他很坚持。我的公婆日后告诉我。如果当时他们不同意汤先生的婚姻，那么他们就会失去一个儿子。汤先生不是一个善于表达感情的人。我曾经问他，你这辈子最重要的是什么？他想都没想，说当然是你啦"。

其实汤君年很早就认识徐枫，有人问他为什么隔了这么久才追她，他说，以前绝对不相信一个女人会在离婚之后，还拼命挣钱给前夫还债。

他不相信女人有这份义气，而徐枫却这样做了。

他觉得徐枫是不一般的、特别的、值得珍惜的……

六

汤君年是上海浦东南汇人，自小随父离沪，定居香港，二十二岁只身赴台创业，主营以进口窗帘布为主的"汤臣窗帘布"公司。他靠着一台摩托车，穿梭在台北市迪化街的各大布庄，利用当时刚普及的电视大做广告，很快，汤臣窗帘布便拥有三千多家经销商、一年五亿台币的产值。

20世纪80年代初，汤君年将公司改制为汤臣开发股份有限公司，增加房产开发项目。

徐枫说，他对事业的责任心很强，甚至大于对家庭的责任心，"那个时候，我们在香港已经有五家上市公司，生活已十分优裕。但他还是一直在寻找在大陆投资的机会"。

20世纪90年代初，汤君年受政府邀请来到浦东，在上海住了一个月后，他决定投资浦东。

徐枫还记得，当时有一次和汤君年去大卖场，五百元买了很多很多东西。

她跟汤君年说："其实我们只要两栋房子，一栋自住，一栋收租，这样就很好。"

汤君年当年的投资意识令她不解，当时的浦东，不要说外商，就是上海人也不愿去开发，为什么要去这样一块土地上冒险？

汤君年的考虑是，相比浦西，浦东虽然芦苇丛生，却是一张白纸，可以画得很漂亮。

之后，他卖掉了在深圳、广州等地的资产，全部投入浦东的开发当中，成为"浦东开发第一人"。

而今回头看这段经历，所有人都会觉得汤臣的决定很有先见之明，但当年他们面临的困境和风险是外人无法想象的。"就像在汤臣洲际酒店盖好以后，汤先生和我就住在那边，当时汤臣金融中心的办公大楼也刚盖好，我上班前的9点钟从窗口往下看，路上连个人影都没有，我心都凉到谷底。那时我只在想，浦东什么时候才可以有人？"

雪上加霜的是，内地房地产市场进行了一轮调控，汤臣的局面惨到差点撑不下去。

他们把香港的三家上市公司卖掉，然后把香港最好地段的办公楼资产也卖掉，全部用来救上海的项目。

直到2000年以后，汤臣在上海的投资进入正轨，被誉为"浦东第一地主"，旗下产业包括了汤臣高尔夫别墅、汤臣高尔夫球场、汤臣豪园、汤臣金融大厦、汤臣商务中心和新亚汤臣洲际酒店等。

汤臣进入上海二十周年的时候，徐枫算过一笔账。

自1992年，他们在浦东投入了十几亿美元，如果当年把这笔钱买汇丰的股票，汤家的资产可能会比比尔·盖茨更多。

她说："算这笔账不是说我后悔在浦东的投资，而是告诉大家，汤先生不是商人，是企业家。"

七

嫁给汤君年后，徐枫主动放弃了电影事业。

她进入汤君年新开的百货公司去管图章，可结果她发现，自己连一个会计都不如。

不久，汤先生为哄太太高兴，给了她一笔钱，400万，说随便她怎么花，买珠宝、买房子，投资做任何事，总之她高兴就好。

徐枫虽然无数次在丈夫面前戏谑道"投资电影的人都是浪费钱的傻子"，可一拿到钱，出于本能反应，她就想投资拍片。

她知道，她这一辈子都不可能离开电影。

当即，徐枫成立了"汤臣电影事业有限公司"，她的资本，也就此在两岸三地的电影界开始流转。

变成制片人的徐枫，依然保持了侠女风范。

当时林青霞想和秦汉演三毛编剧的《滚滚红尘》，但没有人愿意投资，打电话给徐枫，徐枫一看剧本很喜欢，立马就投资了。

这部电影成就了林青霞唯一一尊金马影后奖杯，且一举斩获了八项金马奖。

更不用说后来的《霸王别姬》。至今为止，这部电影依然是戛纳历史上唯一的华语片金棕榈。

起用张国荣和巩俐，都是徐枫力挺的结果。

之后，她又投资拍摄了《风月》《美丽上海》等，为了褒奖她的电影成就，戛纳影展于1998年颁发了"最杰出制片人奖"给她。

电影投资事业的成功，让徐枫拥有了新的人生。

当初汤君年给太太400万，本意是让她随便花随便买，没想到会成为她的创业基金，更加没想到，她在此间表现出卓越的组织能力和经营才华。

于是，汤君年开始动员徐枫将精力更多地转移到经营汤臣的事业上。

起初徐枫对这个建议不太感兴趣，因为她坚持认为电影才是永恒的事业，值得一生去付出。

但汤先生并不放弃，继续说服道："建筑也是永恒的事业，而且，电影拍完后很多年，才会被重新放一下，建筑却每一秒都存在在那里，可以存在几百年。"

不得不说，这是徐枫被打动的关键点。

八

拍摄完《风月》之后，操劳过度的徐枫染上了重病。

患病期间，因为身体的病痛，她难免脾气不好，而丈夫一直陪在她的身边，给她鼓励和安慰。

1996年，汤君年连同何鸿燊、邱德根等富豪陷入"汤臣案"的官司中，她不得不把重心放回家族企业，辅佐老公。

官司打完后，汤臣把重心全部投到上海，势态一片良好。

徐枫也趁机回归自己的电影事业，约了老友张国荣和已半隐退的王祖贤，准备筹拍一部以上海为背景的故事片《美丽上海》，但张国荣抑郁症日渐严重，最终辞演，男主角改由冯远征出演。

在拍摄《美丽上海》期间，发生了另一件不幸的事：年仅五十六岁的汤君年，在香港养和医院病逝。

这个巨大的打击，让徐枫陷入了长久的悲痛，人走万事空的悲观情绪笼罩了她整整两年。一些当时亲眼见过徐枫憔悴状态的人，甚至传出话，说"不到半年，徐枫就会随汤先生而去"。

后来徐枫到欧洲去了一趟，看到很多伟大艺术家的作品，想到先生在世时跟她说过的话，才真正领悟到那话里的意思——人最终都是要离开世界的，但人生的意义并不只在于活着，比如那些流芳百世的艺术品，感觉豁然开朗："我想，汤先生也是希望我把汤臣更好地发展下去。"

两年后，基本走出了丧夫之痛的徐枫，正式出任汤臣集团已空缺两年之久的董事局主席，并继续兼任董事总经理。

她和汤君年有两个儿子：长子汤子嘉，幼子汤珈铖。

汤珈铖曾是顶级豪门阔少中的颜值担当，被称为最帅富二代，且一派谦谦君子的风范，自十五岁进入股市圈从未失过手，被港媒誉为"小股神"，是早在王思聪之前的"国民老公"。与之传过绯闻的女明星不少，也有过几位正牌女友，但至今未婚。被问到择偶对象，他说，要"像母亲一样美丽大方"。

拥有如此完美的儿子，仅从女人的角度来说，徐枫应该挺满足了。

九

影视剧中扮演过侠女的女星有很多，为什么四十多年来，只有徐枫一人一直被冠以"侠女"的美名？

大概是因为，徐枫不仅在戏中惩强扶弱，戏外她也一样重情重义，有担当有义气。

第一段婚姻，所托非人，前夫生意失败跑路，原本离了婚，这几百万的债务她完全可以不扛的，但她觉得，很多债主都是自己的朋友，于道义上，她有这个责任。

第二段婚姻，汤先生意外卷入"汤臣案"，她一夜之间筹措两千万保释金，把老公保释出来，甚至为此暂时放弃了钟爱的电影事业，全心辅佐老公。

台湾想修复胡金铨的电影，她二话不说赞助了500万用以修复《侠女》，为自己，也为报师恩。

因为两个儿子争气，这位汤臣的"皇太后"也开始慢慢放手，把生意交给儿子打理，她自己则开始回归电影圈。获得金马奖终身成就奖后，她也曾表示要重出江湖，再拍电影。

关于电影，徐枫最有名的一句话，是：人会死的，但电影不会。

她的电影生涯，经历了内地、香港、台湾的好时代、坏时代，她个人命运的好时代、坏时代。

尔后，在江湖上，她留下了一张面容、一个名字、一段传说——

当演员，她获得了两届金马奖的影后和终身成就奖，被称为"永远的侠女"。

从商，从台湾到香港，从香港到上海，从中国到世界，她不断挑战个人意志与智慧的更高境界，也不断刷新着人生。

婚姻，她嫁给了一个痴情专一的大富豪。

后代，两个儿子不仅大有作为，且都以妈妈为荣。

银幕内外，她都很少有缠绵温柔的形象，她身上这份女性少有的硬气与担当，曾经感动过她的先生，也令她迈过了每一个重大的人生关口。

夏梦：若曾遇到她这样的女子，你还能爱上谁？

她的香

• • • •

她是香港公认的西施演员，
也是金庸笔下无数天仙美人的原型。
从声色犬马、灯红酒绿的娱乐圈中走来，
经过了一段政治复杂时期，
而能令香港的左中右派都无恶言。
她懂得什么是生存之道，懂得人活一世什么最珍贵，
更懂得什么样的人适合共偕白首。
生于时代风口浪尖，
她始终可以做到低调又体面地退出。
比之美貌更加出众的，是她取舍之间的智慧。

一

　　喜欢金庸武侠小说的人，大概都听过"夏梦"这个名字，因为她曾是金庸的梦中情人。

　　金庸暗恋了夏梦一辈子，念了她一辈子，惦记了她一辈子——这是大多数金庸迷都知道的一个八卦故事。

　　据说，金庸笔下的小龙女、王语嫣、周芷若等女性角色，都有夏梦的影子。

　　《天龙八部》风靡全国的时候，曾有一个记者问金庸："您心中最爱的那个女子是不是您笔下王语嫣的原型？"

　　金庸只是苦笑了一下，留下一句看似轻描淡写的话："她没有王语嫣聪明。"

　　众所周知，金庸笔下美女如云，但为什么那个记者偏偏只问了王语嫣？

　　王语嫣不比小龙女仙气，不如黄蓉机智，不像霍青桐心怀天下，但她又好像各方面都有一点。她是个聪明的女子，学富五车，通晓天下各门各派武功绝学，同时却手无缚鸡之力……只因她做的一切都只为成为一个伟大男人身后的贤内助。毫无疑问，她是个小女人，所有男人都心向往之的小女人。她聪明过人，却仍然对心爱之人仰望崇拜。她倾国倾城，却心系唯一。

《天龙八部》里，王语嫣最终认清慕容复的真面目，转身投入段誉的怀抱。这段生硬的转折，只是金老的臆想。但现实是残酷的——得不到的还是得不到。

2005年，学佛多年的金庸终于解开了心结，重新修改了《天龙八部》的结局。

在新修版结局里，王语嫣回到慕容复身边，和阿碧一起照顾发疯的慕容复。而段誉却是告别红尘，出家为僧。

一梦一甲子，梦醒了无痕，金庸最终选择了放手。

二

夏梦究竟有何魅力？

首先她美极了——外形艳而不媚，贞静平和，娴雅大方，兼之身材高挑，若有个东方百大美人榜，她应该是稳坐前五的。

导演李翰祥曾说："中国电影有史以来最漂亮的女演员就是夏梦。"

金庸的点评更绝："西施怎样美丽谁也没见过，我想她应该像夏梦才名不虚传。"

她自己却说"我从来都没有觉得自己有多漂亮"，并说"不记得有什么因为长得太美、有太多人追求的困扰"。

这是出身书香门第的淑女夏梦的处世智慧之一：温良恭谨。

夏梦原名杨濛，十四岁时随着家人从上海移居香港，就读于九龙的玛利诺修女书院，在校参加过舞台剧的演出，表演风格松弛、凝练，导演李萍倩评价她："镜头前适应能力强，能够准确展现人物内心世界，是一位天才的演员。"

她的父母都是京剧票友，家庭艺术气氛很浓郁，并不反对她进电影公司做演员。

当夏梦在同学毛妹（袁经绵）的引荐下出现在长城影业片场时，掌管艺术的袁仰安立即注意到了这个走在女儿身边、鹤立鸡群的少女。

加入长城影业后，恩师袁仰安再三恳求名作家高雄（即三苏）和导演李萍倩，按入行惯例为这位靓丽的新人取个艺名。两人应承下来，便开始围绕着夏梦的原名"杨濛"绞尽脑汁。

当时正值夏夜，凉风阵阵，徐徐飘来，善动情感的两位名家想到了莎翁的《仲夏夜之梦》，再结合"梦"与"濛"谐音，便定下了"夏梦"。

三

《禁婚记》是夏梦的第一部影片。

第一次走进摄影棚的时候，她那一米七的高挑身材和出众的相貌，顿时使在场的人眼前一亮。正在拍戏的韩非望着比他看上去还要高半个头的夏梦，禁不住低声嘟囔了一句："这么高的个儿，谁能跟她配戏？"岂知，这句话十分灵验。

不久，为了追求剧情效果，导演李萍倩特意挑选韩非与夏梦搭档，分饰男女主角。

夏梦以十八岁的芳华之年，出演剧中二十多岁的新婚少妇。

剧中人有一段曲折而痛苦的人生经历，女主自尊自爱自强，顶住家庭的压力、上司的专横刁难，还有纨绔子弟的纠缠，经过一番波折，终于冲破种种阻力，得到了称心如意的岗位。

影片属于喜剧风格，女主戏份所占比重很大，对动作、表情、心理活动都要求很高，既要风趣诙谐表演出喜剧色彩，又绝对不能刻意夸张。导演是冒着极大的风险，让刚刚从校门走出直接踏进电影厂大门的夏梦来担任此角。

十八岁的夏梦，虽从未拍过电影，但镜头面前一点也不畏缩。她外形条件优异，悟性亦好，表演从容到位，分寸掌握恰到好处……一举成名似乎是毫无悬念的事。

果然，随着影片的放映，夏梦的名字传遍了整个香港。

1950年，时任《新晚报》副刊编辑的金庸开始撰写影评。

当时影坛发生港府清共，将刘琼等一帮"赤色分子"驱逐出境的暴动。

在麾下明星青黄不接的当儿，左派传媒开始力捧新人。

夏梦就是这批幸运儿中的佼佼者。

四

十八九岁就成名的夏梦，并没有在名利中迷失自我，她谦虚而好学，努力提升自己。二十一岁，处于事业上升期的她选择了与其他女明星不一样的道路——在黄金年龄嫁了人。

据说，她和先生林葆诚两人的结识也很戏剧化。

毕业于圣约翰大学、做纺织生意的青年商人林葆诚一直是夏梦的影迷，他到《姊妹曲》拍摄现场看夏梦演戏，剧组刚好缺一个扮演教师的演员，他就毛遂自荐客串演出，因此与夏梦相识相恋，隔年就结婚，当年的报纸还以大篇幅报道过。

当时，许多人说林葆诚"配不上夏梦"，可多年以后，人们发现她选择嫁给这个男人是对的。林葆诚终其一生都在宠爱着夏梦，对她的照顾可谓无微不至，以至于几十年后，夏梦在接受鲁豫采访时，依然能像个孩子般笑着说"自己在家什么都不用管"，老公在的时候，家里的事情都由老公来完成。

婚后，夏梦依然有《日出》《新寡》《王老虎抢亲》《金枝玉叶》等一连串佳作频频问世，在《长城画报》评选的"十大明星"中，夏梦名列第一，由此得到"长城大公主"之美名，在祖国内地声名大噪。

后来，邵氏公司的李翰祥以高薪极力邀请夏梦去拍摄古装片《香妃》，但由于夏梦所属的长城与邵氏的主导思想对立，夏梦选择服从大局，婉言谢绝。

在李翰祥心目中，"香妃"应该就是夏梦的模样，这一角色非她莫属。但由于夏梦坚决不从，李大导演又死抱着"请不到夏梦宁可不拍"的想法，最终万般无奈，只得忍痛放弃拍摄计划。

20世纪60年代后期，夏梦再次做出了决定：

息影，退出大众视线与老公一起暂居加拿大一年。

五

夏梦的故事很长，然而老实讲，金庸能够参与的可能性很小。

当年的夏梦可谓芳华绝代，惊艳的可是一整个时代，为之神魂颠倒的人自然不止金庸一个。要说痴情，亦有人比金庸更甚，譬如曾和夏梦合作主演过《禁婚记》的演员、导演岑范。

他和夏梦的故事，远远早于金庸，甚至也早于林葆诚。

他们因共同主演电影《禁婚记》而相识，在拍戏中相遇相知，两人志趣相投，一起探讨表演艺术，分析角色心理，一起打球、运动、逛大街，很快就成了难解难分的恋人。

岑范是清朝名将岑毓英的曾侄孙，清末两广总督岑春煊的侄孙。尽管祖辈显赫，但他自己回忆说："我从来不靠这些，也没从他们身上得到任何好处。"

这样的才子与佳人，可谓真正的天作之合。

但是，中华人民共和国成立一年多后，岑范决定返回内地，而那时夏梦的事业在香港刚刚起航。

曾经有朋友劝过他干脆带夏梦私奔，但年轻的他们相信彼此有未来，所以没有考虑过这个问题。

岑范离开香港后，两人虽相隔千里但并未停止通信，不过岑范能够收到夏梦的信，他寄给夏梦的信却被夏梦所在的长城电影公司给拦截了下来，夏梦一封信也没有收到。因为公司的人害怕夏梦会离开香港去内地找岑范，那么公司之前对这位当红女星的栽培，就会白白付诸东流。

不久之后，两人的联系被彻底中断，夏梦听到岑范在内地已婚的传闻，心灰意懒。

后来夏梦随香港电影代表团访问内地，在北京的北海公园和岑范相遇，才终于从岑范口中知道了为什么自己始终收不到他的信，也知道岑范为了等她其实一直没有结婚。然而此时，夏梦早已嫁作他人妇，命运的安排实在令人唏嘘。最终，两人决定从此以兄妹相称。

尽管夏梦已经结婚，岑范还是选择了终身不婚，对于外界为他安排的络绎不绝的相亲，岑范抛出一句"假如我从来没有认识夏梦，人生也许会和别人一样。但是我认识了夏梦，别人就跟她没有可比性了"，统统将媒人们拒之门外。

六

此后不论夏梦来上海，或是岑范去香港，两人都会互相探视，约着一起喝茶。

他们之间始终保持着兄妹般纯洁的友情，三年自然灾害期间，岑范收到过夏梦寄来的包裹，"是几罐罐头、花生油，她还记得我妈吃素"。

正如岑范所说，"夏梦的美貌还是其次，她的心地更美，非常善良"。

无独有偶，金庸也曾多次写道，"夏梦是一个善女人"，他对夏梦的公开评价，除了如西施般"美"，便是一个"善"字。

和第一任妻子杜冶芬离异不久，金庸在银幕上见到刚从影不久的夏梦，惊为天人，如他自己所说："生活中的夏梦真美，其艳光照得我为之目眩；银幕上的夏梦更美，明星的风采观之就使我加快心跳，魂儿为之勾去。"

为了接近夏梦，他曾特意到夏梦所在的长城电影公司做编剧，化名"林欢"。

当年，身为编剧的金庸为夏梦度身定制了一部《绝代佳人》，单从片名，就能看出其爱慕之情。

这部电影不单变成了"最昂贵的情书"，也开启了金庸往后历史传奇的创作方向。

虽然编剧和明星并没有什么接触的机会，魂牵梦萦的金庸却会抓住所有可能的渠道，打听梦中情人的点点滴滴。

当时夏梦的宣传照常由一位叫"陈家洛"的剧照师负责，这个和夏梦、可能和金庸接触更频繁的名字，便成了金庸第一部小说《书剑恩仇录》的男主角的名字。

曾有人不明就里，问，金庸小说为何公主满天飞？

这根本不足为奇，因为夏梦的外号就叫"长城大公主"，还有二公主石慧、三公主陈思思，这些公主般的天之骄女都是他日常生活司空见惯的。

七

后来夏梦大婚，金庸对于夏梦婚讯的反应我们虽不得而知，但从此后他一连串的"努力"来看，他尚未死心。

当年，金庸还是个名不见经传的小编剧，想要获得大明星的青睐，简直难于登天，但是能当上导演，就不一样了。因此他争取当导演之心比什么都炽烈。

1959年，金庸终于升格为导演，即刻为夏梦量身打造《王老虎抢亲》，该片由夏梦主演，她在剧中反串男主角周文宾，金庸费心费力，为之鞍前马后。这部片子在当年大获成功，掀起了20世纪60年代中国戏曲电影的热潮。

优雅高贵的夏梦，虽极其欣赏金庸的才华与性情，但早已嫁为人妇的她，是无论如何都不允许自己越过那条界线，成为背叛自己婚姻的罪人。

点到为止，是聪明人与聪明人打交道的方式。

结识了"偶像"，满足了心愿，对于金庸来说，这一场效仿唐伯虎恋秋香的"爱情"，终于还是在它最为恰当的时间和地点画上了句号。

据说，有一次，他们在咖啡店约会。金庸趁着几分酒意，终于鼓起勇气向夏梦倾吐了爱慕之情。夏梦听了极为感动，她说她非常敬重他的人品，喜欢他的才华，只可惜他的"爱"迟到了一步，而以她的为人，是绝不愿去伤害夫君的。最后夏梦深情地说："今生今世难偿此愿，也许来生来世还有机会……"

这次约会就这样伤感而无奈地结束了。

后来，金庸曾开玩笑说："当年唐伯虎爱上了一个豪门的丫鬟秋香，为了接近她，不惜卖身为奴入豪门，我金庸与之相比还差得远呢。"

最终金庸离开了长城电影公司，开启了他一生最为辉煌的武侠小说写作之路，并创办了自己的事业——《明报》。

八

这段不解之缘也并未随着金庸离开长城电影公司而结束，《明报》步入轨道之后，仍不时刊载有关的点点滴滴。

不久后，香港发生"六七暴动"，内地"文革"整肃也开始，风声鹤唳，夏梦也卸下整整十七年的冠冕，息影移民。

据夏梦回忆："在那倒行逆施的日子里，我个人在精神上也受到极大打击。我不得不暂时离开'长城'，甚至离开了整个电影圈。我决心在电影的制作方针还没有回到正确轨道以前，即没有回到廖承志确定的方针之前，无论如何不能重回电影界。我宁可改行去做成衣业来维持生活。"

这个时期，演艺圈颇为动荡：林黛身亡，尤敏退隐，乐蒂也停止拍戏，这一辈女星可说是光环褪尽，但夏梦移民时，《明报》却一连两天以罕见的头版做全版报道，头条位置上写着："对于这许多年来，曾使她成名的电影圈，以及一页在影坛中奋斗的历史，夏梦肯定会有无限的依恋徘徊，可是，她终于走了。"

金庸称夏梦为"善女人"，还写诗叹咏她："去也终须去，住也不曾住，他年山花插满头，莫问奴归处。"

这也是武侠大师对梦中情人最执迷不悔的眷恋……

九

当人们都以为从此再无缘夏梦时，夏梦回来了。

回港后，夏梦开始了属于自己的生意，经营一家与她热爱的文艺毫不相关的制衣厂。平生第一次经商的夏梦，显示出另一种才能。经营十二年，从两千尺的唐楼开始，一直发展到一万九千多尺的厂房。

虽说远离了电影圈，但在夏梦的心头，一直保留着那份对电影的痴痴迷恋。

于是后来她卖掉了制衣厂，以之作为青鸟电影制片厂的启动资金，回到了梦开始的地方。

不过这一次她不是继续拍戏，而是走向了幕后，先后监制了《投奔怒海》《似水年华》和《自古英雄出少年》三部影片，部部都火热大卖。

其中《投奔怒海》由刘德华和林子祥主演，一举夺得了当年金像奖的"最佳电影"和"最佳导演"等五项大奖；《似水流年》捧出的导演严浩，日后拍了以张爱玲的故事为原型的《滚滚红尘》，并以《太阳有耳》获柏林影展最佳导演。

作为一位制片人，夏梦的眼光和手笔亦堪称罕有。

谈及自己做电影时，夏梦回忆道，自己虽然不灵，但是很会看人，大胆起用还是新人的刘德华，后来夏梦曾说："我看准他，结果他红了。"

刘德华至今把夏梦当成他一生的贵人。

事业上，夏梦以这样漂亮的收梢，画好了"梦之版图"的每一笔。

智慧、美貌与好运，她尽收囊中。

正如许鞍华说的那样：夏梦的智慧比她的美貌更出众。

十

夏梦的先生林葆诚，多年来一直十分低调，在外界的形象是模糊的，但有一点可以肯定，这位儒雅商人用宽容和爱护的态度包容了妻子的一切，包括妻子身边无数的追求者。他相信夏梦对他的忠诚，而事实上夏梦也始终没有辜负他的情意。夏梦和林葆诚在一起共同生活了五十三年，直到2007年林葆诚病逝。

对比如今明星们分分合合的绯闻与杂七杂八的情史，夏梦这种对婚姻的忠诚、对承诺的一言九鼎，是多少金字塔上层的美女最最欠缺的。

无论世事如何变幻，她始终懂得取舍，对结果得失也只是淡雅一笑。

2008年，第十七届中国金鸡百花电影节的组委会，为夏梦举办了一场"香港夏梦女士影片回顾展开幕式"，光影穿梭的演艺圈，以往的辉煌犹如风尘云烟。

夏梦这一生无疑是璀璨光华的。作为女人，她风华绝代，引领时尚；作为演员，她作品众多，勤勉敬业；作为妻子，她忠诚一生，坚守底线；作为初恋，她有情有义，雪中送炭；作为朋友，她可亲可敬，互为帮扶。

体验过万人追捧的热潮，却能于时代的风口浪尖，做到悄然而体面地退出；受到众多追求者的倾心，却从未主动渲染那些爱恨情仇；有过崭露锋芒的时候，也懂得谨慎地收起自己的光芒……不是真正有大智慧的人，做不到。金庸和她自己口中的"不聪明"，一个是怜惜，一个是自谦罢了。

可以说，无论是作为武侠小说宗师金庸的梦中情人，还是初恋情人岑范为她终身不娶，夏梦这位绝世佳人，都是当得起的。

正如岑范在晚年悠悠然对人说："你知道，如果你遇到过夏梦这样的女子，你还能爱上别的什么人吗？"

谁说不是？

王祖贤：最好的女子，经得起繁华，也受得住平淡

她的香

. . .

二十出头的时候，她说女孩子终究是要"结婚"的。

十年后，她在字典里抹去了这两个字。

两段情伤难自愈；一旦自愈，便是万事皆空。

爱是空、怨是空，缘也是空。

别了来时的繁华，也别了去时的落寞。

经年再见，她心静如镜湖，笑言：

此刻最享受的，

不过是人群中的清风朗月。

一

日本有一位青年作家，叫南条竹则。

他在东京大学学的是西洋史，以推理小说成名，却偏爱中国的美食文化，不过关于中国，他最为热爱的，是中国的王祖贤。

"去年十一月，我看了你的影集，穿西服的你、穿和服的你同样充满魅力，最近我还看了《青蛇》和《东方不败之风云再起》这两部影片，我觉得电影《青蛇》是对《白蛇传》进行的一种新解释，实为一部崭新的电影，徐克先生是位很了不起的导演，然而要不是你扮演白蛇，我相信这部片不会获得如此成功的。《风云再起》中，你女扮男装的形象比日本宝冢剧团的明星还要迷人……"

他为此专门学中文写信、写诗，寄给王祖贤做生日贺礼。并以王祖贤为原型，构思了一本名为《虚空之花》的书，扉页专为王祖贤奉上中日双语献词：

双眸透彻清如洗，

灿烂瞳光照尘世。

我愿秉书为讴歌，

奉献王祖贤女士。

这是一位特殊职业的忠实影迷对偶像的特殊表达方式，写信又写书。

"王祖贤女士，您要不演电影，那香港影坛这盏灯就要熄尽灭绝的。我祈求能在银幕上再次看到您的颜容丽姿。"他只要得了机会，就会大肆夸赞王祖贤，由头到脚，由人到戏。

理由很简单也很直白：她美。

二

王祖贤究竟有多美呢？

亦舒曾用这样的语句形容她："长发褐眼，白肤胜雪，蜂腰鹤腿，仅需几秒钟，便艳惊所有行人，只要看到的无不侧目追随其身影……"

而倪匡则用简简单单的八个字来形容她——"艳光四射，不可逼视"。

这份美是男女通吃的，美得惊心动魄却毫无侵略性，美在外形，更美在风韵气度。

这份美是浑然天生的，亭亭而立十五岁，打个篮球都能被星探发掘，邀她去拍阿迪达斯的球鞋广告，就这样入了行。

阅人无数的邵氏当家人方逸华，也在第二十届金马奖的颁奖礼上对她一见倾心，随即以28万港币，买下了她与高达的合约，将她收入邵氏，且对她极为宠爱。抠门的邵氏一贯不准旗下演员出演外戏，她是个特例，不过拍一部，欠邵氏一部。直到她1990年解约、1993年隐退，还欠了邵氏N部片约，却无任何官司和纠纷。报道都说方逸华对她好得过分，简直是把她当女儿在养，倘若不是同为女人，非得闹得绯闻满天飞不可。

当时参展金马奖的是她银幕处女作《今年的湖畔会很冷》，她在片中饰演一个名叫江若平的少女，身份不明，行踪神秘，会在湖畔适时地出现，然后谜一样地消失；反复纠葛之后，真相姗姗来迟，原来，江若平早在两年前就在湖中溺水而亡，这个不食人间烟火的美貌少女，竟然是一个女鬼……

出道即演女主角，还是个女鬼，演艺生涯仿佛就此埋下伏笔。

此后十几年，她出演了一系列的女鬼、狐仙、蛇妖、树精等，在华语影坛，这位"最美女鬼"成了很多人心中抹不去的白月光。

三

王祖贤的演艺经历是比较幸运的。这种幸运顺遂造就了她的自信；而她的自信，同时又为她赢得了更多机会。

据徐克回忆，当初确定了要翻拍《倩女幽魂》，他便力邀张国荣出演男主角。起初张国荣是婉拒的，理由是不想穿着怪异的衣服去演怪异的故事，后来听完徐克讲述影片的内核，他才被说服。

而女主角这边的情况正好相反，小倩的角色是王祖贤主动出击争取下来的。

其实在拍《倩女幽魂》前，王祖贤的古典美并未真正被发觉，接拍的作品大部分也非古装。

当时《倩女幽魂》的制片人施南生压根儿没有考虑过用她，认为她个子太高、气质阳光时尚，还曾在学校参加过篮球队，体格健壮……怎么看，都不符合聂小倩的气质形象。

后来王祖贤亲自找到徐克要求试镜，此前她曾拍过一部由徐克导演的《打工皇帝》，两人合作愉快。

徐克答应让她试镜，这一试不得了——

"她眼带忧郁，望向镜头，像极了《聊斋志异》里走出来的奇女子，仿佛有一身的故事，要诉与世人听。"

"人间无此姝丽，非鬼即狐。"

他彻底被她空灵飘逸的古装扮相所慑服。

就是她了——这个决定，最终成就了华语影坛的一部经典名作，也成就了王祖贤演艺生涯里最为经典的银幕形象。

就像林青霞之于东方不败、陈晓旭之于林黛玉，王祖贤的聂小倩形韵兼具，后来者众，相近者无。

四

凭借聂小倩一角，王祖贤在香港影坛彻底站稳了脚跟，收入与片约长期排在前几名。

最忙的时候，她同时拍摄七部影片，为了轧戏，四天四夜没睡过觉。

对投资商来说，王祖贤就是一座金矿，只要她人先来拍个预告片，就能卖片回本，剧情什么的都是浮云。

在她最红的六七年里，拍片无数，但以快餐片居多，佳作实际只有几部。

但，即便是在商业片里演花瓶，她也是个称职的花瓶，天生的美人自有天生的神采。

电影圈直到现在都是男星为王的商业片，有深度的女性题材电影很少，男星的风头整体上盖过了女星，王祖贤则是当时为数不多能够"独当一面"的女演员之一，同时具备不错的票房号召力，可以说是最成功的女星范例。

转折点发生在1993年。

1993年，是王祖贤佳作扎堆的一年。

《东成西就》里天生丽质、平易近人的缺心眼儿表妹，《青蛇》里冶艳通透而又痴情忠贞的白蛇，《风云再起》里倨傲霸气、决然不悔的雪千寻……

那一年，她二十六岁，正是人生好时光。

二十六岁的她远赴韩国做访谈，身穿白衬衫，扎着简单的马尾辫，标志性的一字眉，不过薄施粉脂，却惊艳了岁月。直至如今，在不少韩国人心中，王祖贤依然是无可替代的真女神。在不少韩国综艺、影视剧里，只要提到大美人，总会出现"她有点像王祖贤，真美"之类的台词。

当年的王祖贤，可谓顺风顺水、星途璀璨，然而，就在所有人以为她会把握时机乘胜而上的时候，第二年，她却突然宣布淡出影坛。此后三年，没再接拍一部作品。当然，这里面也有不得已的成分。

她隐退的原因，说白了，绕不过一个"情"字。

五

王祖贤的感情经历里，她公开承认过也最著名的，是与齐秦以及林建岳的两段情。在她隐退多年之后，这两段情事仍被大家津津乐道。

那两段情里，跟齐秦那一段无疑是她最刻骨铭心也最珍之重之的。

当年，她去台湾拍《芳草碧连天》，结识了男主角齐秦。

当时的齐秦并非单身，他有一个相恋多年的女友方美芳，两人正处在分手边缘，遇到王祖贤这样的大美人，自然是情不自禁心向往之。

这件事王祖贤并不知情，她还不到二十岁，人生、事业都在上升期。

被问及对齐秦的印象时，她说："初见面时没有多大感觉，相处下来，就觉得他不但有才华，而且对我很照顾和细心，我们很合得来。"

"没有你的日子里，我会更加珍惜自己；没有我的日子里，你要保重你自己。"

那段日子里，齐秦的情歌几乎都是唱给王祖贤的。

那首轰动了1987年歌坛的旷世情歌《大约在冬季》，是他仅用十五分钟就完成的，恋爱中的才子灵感井喷，只因欲向远在香港的恋人王祖贤传达思念。

"她在大家庭里长大，每天有许多人嘘寒问暖，是个受宠的孩子，长大后，仍然孩子气，也并不独立。她是那种一定要人接送，捧在手掌心里的女孩。每次和她约会，我无论再累再忙，都一定要亲自接她出来，再亲自送她回去。她被接送得理所当然，我也累得心甘情愿。她有一股特殊的气质，好像天生是该坐轿，而我遇到她，就变成了天生抬轿的。

"在家里的时候，最常见的景象，就是我在一旁擦地板、抹桌子，或是准备晚餐，她在一旁跷二郎腿、看电视，然后大笑：'齐秦，你好像我妈哟！'"

当年的报刊上，总能看到他们相爱的文字和照片，那是一对真正的檀郎谢女。

后来，王祖贤曾这样形容这段时光：

"这段时间是我人生最满足的时间，因为我又有爱情，又有事业，什么都很顺利。"

六

这样的甜蜜，止于一个人的介入。

林建岳是亚洲电视台和丽新集团老板林百欣的儿子，寰亚集团董事长，虽然如今他旗下的公司负债累累，但在当时却是货真价实的香港富豪。

据说他看了《画中仙》后非常喜欢王祖贤，托了各种关系去认识她。起初她不为所动，但林建岳是个很有耐心的人，一直锲而不舍，经常去剧组等她，在复杂的香港娱乐圈里为她提供庇护，待她体贴入微。又赶上齐秦与前女友方美芳的私生子曝光，美人情场糟心，林某人的呵护与坚持，最终打动了芳心。

然而，这段感情却给王美人的名声与事业，带来了毁灭性的灾难。

1993年，香港狗仔曝光了王祖贤与林建岳共同出游的消息，齐王二人正式分手。

林建岳在追求王祖贤时并非单身，他的妻子谢玲玲也是一代琼瑶女郎，1980年嫁给林建岳后，给林家生了五个子女。

故王祖贤与林建岳的恋情一经曝光，就闹得满城风雨，议论纷纷。

"从前他有太太，我不想做圈外人，也不愿意毁坏别人的家庭，直到他办了分家手续，各人才开始来往"，即便她有对媒体解释过这其中因果。

林母与儿媳谢玲玲关系非常要好，不能容忍儿子休妻另娶，公开在报刊上辱骂王祖贤："就当儿子两千万叫了一只鸡。"

王祖贤声名扫地，舆论一片指责，星运也从此一落千丈。

次年，林建岳正式与谢玲玲离婚，离婚费用高达四亿，但离婚后他并没有与王祖贤结婚，因为半路杀出个杨采妮，林建岳移情别恋，转而追求新欢。

从被动接受到付出感情，再到不体面的分手，王祖贤遭受的打击可想而知。

没过多久，她选择了离开香港，出走加拿大。

七

客观来讲，王祖贤并没有以嫁入豪门为目标，比起那些在富商间游走的女明星，她显然段位不够，这样的小白情智，若遇到个宠她、爱她的成熟男子，算是命好。

可惜，她没有遇到。

1997年，王祖贤在加拿大听到了一首齐秦演唱的歌：《不让我的眼泪陪我过夜》。

那是在前一年她跟林建岳正式分手的时候，齐秦专门为她写的歌。没想到隔了一年，她才听到。

经历过茫然的寻觅、蹉跎过后，"蓦然回首，那人却在灯火阑珊处"，大概尤其令人感动。

之后二人高调复合，还合作出演音乐录影带。她帮他拍MV，他帮她出唱片。

1998年，在齐秦陪同下，王祖贤开了个发布会，正面回应了个人感情问题："我的做事态度是，不管对错，我尝试了，不管是不是我应该得到的，我也接受。错了，我承认。有三年没有公开露面，这段时间感谢男朋友齐秦……"

之后，两人的感情一度好到谈婚论嫁。

金曲奖颁奖典礼上，齐秦开口感谢王祖贤，说"感谢我的女朋友，她给了我一个情感上的力量……"，全场为之尖叫。

西藏演唱会时，齐秦在台上发出爱的呼唤："王祖贤上台！"接着，他们在台下上万双眼睛的注视下，热情拥抱了数分钟。

和他的小贤分而复合后，齐秦在洛杉矶买了套房子，积极为两人的将来做筹备，双方的父母也开始以"亲家公、亲家母"相称。

正当两人决定要到西藏结婚，并准备请大宝法王来主婚时，发生了大宝法王出走事件，让两人暂时打消了念头。

接着齐秦的前女友方美芳又跳了出来，将齐秦告上法庭，索要二人的孩子方伟（后改名齐家）的抚养费……

或许，越是人生花好月圆的光景，越容易走进镜花水月的悲哀里。又或许，曾因与林建岳的一段情被谴责破坏他人家庭，这伤痛，她不愿再被触及，哪怕这一次她清清白白，问心无愧。

与齐秦长谈后，两人决定和平分手。

八

"很多事由不得你选择，没得选择……发生了就是发生了。"

黄霑，写过《倩女幽魂》的主题曲，算得上是王祖贤同事，同时出了名的热爱美女，两人之间颇有渊源。

1989年和2001年，王祖贤曾先后两次接受黄霑采访，无论是人的变化还是对婚姻的看法，都有截然不同的对比。

1989年，出现在黄霑节目中的王祖贤，身穿黑色蕾丝低胸短裙，露出美好身材，雪白长腿，红润丰唇，婴儿肥未退的脸上有一种明亮的艳光；彼时她刚刚拍完《倩女幽魂》，事业如日中天，与齐秦恋情正浓，事业爱情双丰收的她，一脸的笃定与幸福，被问及人生计划，她说："将来我会过很平凡的日子，因为一个女孩子，终究是要结婚的。"

2001年，经历过与林建岳的一段备受争议的恋情，与齐秦分手、复合，最终以分手收场，她说："我的前半生三十多年来，心里是空空的。"再次出现在黄霑节目中的王祖贤，一身灰色套装，长衣长裤，清汤挂面，清瘦妆容，被霑叔热情拥抱时，浅笑不语。

谈到将来，她说："我的字典里，没有'结婚'两个字。"

时隔十二年，她对人生的领悟已到了一个新的境界，清醒又佛性：

"找到一个能与你精神达成共识的人是一件很难的事，是一个luck，这个luck可能一辈子都碰不到。

"所以，一定要先建立起自己的人生。若是能碰到，那就好像一朵花进来，那是你的luck。

"如果碰不到，你自己的人生也建立起来了。"

十二年，黄霑还是那个黄霑，王祖贤已经不是从前的王祖贤。

见识过十二年前那个天真美艳的王祖贤的霑叔，听后忍不住感叹："哎呀，可爱程度真是不同了。"

九

央视第十放映室做一套20世纪八九十年代香港绝色女星群像，包括了张敏、关之琳、李嘉欣等人。而王祖贤，是单独列传的。

她那一期的专题名叫《奈何的女儿——王祖贤》。

从艳绝亚洲的"第一美腿"到当红女星，再到富商女友，从携旧爱复出受挫，到与旧爱平静分手……她似乎不一样了，又似乎一直都是那个她。

从当初那个对家庭生活充满期待、对身边恋人满足依赖的青春少女，到一个内心丰盈、独立前行、随遇而安的佛性女子，又的的确确是不同了。

她现下在温哥华的生活很简单，住着两房一厅二十几平方米的酒店公寓，会有人固定到家里打扫。

虽想重温当学生的感觉，但并不勉强自己当个用功的学生，一个星期只选修两堂语言课程，不上课的时候她会找朋友喝茶聊天，也喜欢去湖边散步、跑步，有时就只是一个人静静地窝在家里。

她不再当红，没有赶不完的通告，不必时时以精致妆容见人，也没有人过问她的体重、关心她的皮肤状况，"同学都把我当姐姐，而不是明星，我很喜欢这种感觉"。

这是她认为的最舒适的生活方式。

聂小倩、雪千寻、潘金莲、荣兰、白蛇、阿婴……她在最美的年华，曾塑造过无数经典角色，在银幕上，留下了难以磨灭的光辉。

却在三十岁之后，才开始演自己。曾经的女神，如今沉浸在平凡人生里。

对许多人来说，所谓平常人生，单调得不行，但对十七岁开始拍戏、没怎么攒劲就红了的王祖贤来说，没有什么比这种平实自在的生活更值得珍惜。

十

断、舍、离，她做得如此彻底。

同时期，港片黄金时代的那些大美人们，青霞嫁富商，写专栏，出自传；红姑中年失夫，拍广告，学摄影；嘉欣嫁小开，生单传子，闲时DIY美食；之琳做品牌成衣，炒炒楼房，活成富婆。只有王祖贤，是与世隔绝的。

然而，总有好事媒体不肯放过她，偷拍她返港的照片，指她"眼鼻走样"，说她暴肥，甚至说她有所谓的聋哑十七岁私生女……

所幸，这些无稽之谈早已干扰不了一颗千帆阅尽后佛性淡然的心。

她最后一次接受采访是这么说的："希望爱护我的人们，不要再为不实消息为我抱不平，我已经放下了。我已经把最好的留给观众朋友及关心我的人，这样就足够了，那段时间我尽力了，把最好的一面留给大家了。"

经历过辉煌的女星，后半生的心态其实容易走极端。

有人见识过繁华，因而永远对公众焦点保持热烈渴望。

另一些人，越是历遍繁华，越是对平淡甘之如饴。王祖贤是后者。

如今的她，像是一片静谧的湖。

外界的谣言于她，只不过是一丝微风，笑一笑就过了。

江湖或许永远有她的传说。

但对她本人而言，没什么敌得过人群中的清风朗月。

正是：归去，也无风雨也无晴。

赵雅芝：且以优雅度一生

她的香

· · ·

世人将她奉为"优雅"的代名词，我想，若将她的"优雅"拆解，绝不仅仅是美或高贵，而是她身上老派的从容、淡定、自持与得体。

一

　　说赵雅芝是古典美人最好的代名词，一点也不为过。

　　二十岁出头时"巧笑倩兮、美目盼兮"，年纪越大，气质越发婉约高贵。总觉得她演《观世音》的时候是"观世音"，演白蛇妖也是一副菩萨心肠，生得优雅、端庄、温柔、善良，还上得厅堂、下得厨房，让人直叹许仙那呆子简直赚大了。

　　赵雅芝无疑是个现象级的女演员，虽然她不走"高端"电影路线。

　　《上海滩》《新白娘子传奇》两部神剧在手，吃一辈子的老本都是够的，何况，她还有《京华烟云》《戏说乾隆》《楚留香》等诸多经典……

　　同年代的女演员中能跟她相较国民度的，只有一个林青霞。

　　著名音乐人、脱口秀节目主持人高晓松，曾在电影频道《创意星空》节目录制现场自曝是"刘海儿控"，心中女神必有刘海儿，并称第一个迷恋的女人就是赵雅芝。

用他自己的话说，突然有一天就爱上了《上海滩》里的那个女的——赵雅芝，"这跟现在的追星族不一样，我觉得我真的是爱！"

当时北京还没有公开放映《上海滩》，只是在新街口的工人俱乐部里有放映，每天两集，他就每天下午跑去看，每次都看得热血沸腾。甚至有一天路上突然下起了雨，忘了带钱的他愣是在路口跟陌生人要了一块钱，才买上了票。

那时候的高晓松，还只是个初中生……

如今，高晓松已人到中年，提及自己当年心中的女神，依然心神荡漾，在2017年新开节目《矮大紧指北》的"十大美人榜"里，他把赵雅芝排在了第二位。

排第一的，是童话故事里的小美人鱼。

二

拍了数部国民剧乃至奠定至高国民度的赵雅芝，起初是先在电影圈走红的。

1973年，还在日本航空公司做空姐的赵雅芝，在母亲的鼓励下参加首届香港小姐选举，并获殿军及"最上镜小姐"称号。据说她只得第四名的原因是性格太传统，穿泳装回答问题时过度紧张，乃至表现不够完美。

选美结束之后，她就回去继续当空姐了。

后来公司开始飞长途线，先前她是飞香港和日本之间的短途线，之后就要飞香港到加拿大的线，飞一次长途就要十几天。作为一个很黏家的人，她开始有了离职的打算。

巧的是，就在那段时期，TVB找到她问她有无兴趣尝试做主持人的工作。

就这样，赵雅芝进入了娱乐圈。

刚入行时她除了做幕前主持，还兼职做助理编导，负责《群星铺》和《精打细算》这两个节目的幕后工作。但很快，初出茅庐的她获许冠文赏识，以第一女主角的身份出演电影《半斤八两》，第二年又主演了吴宇森的电影《发钱寒》，两部戏都是当年的年度票房冠军，起点可谓很高了。

这位外表兼具清纯与优雅的票房二连冠新星，迅速在电影圈成名。

随后主演的许鞍华电影《疯劫》，获金马奖多个重要奖项，被公认为"香港电影新浪潮"代表作。

赵雅芝在电影圈发力的时候，关之琳、张曼玉、刘嘉玲、邱淑贞、王祖贤等人还没有出道。

如果她当时专注于电影，成就也不会低。

但二十一岁，她就嫁给了医生出身的黄汉伟，随后生育了两个儿子。

拍电影比较费时间，再加上当时香港电影圈黑社会当道，为了照顾好家庭和孩子，事业如日中天的赵雅芝拒绝嘉禾、邵氏等电影公司的长约，一边相夫教子，一边留在TVB安稳地拍长剧。

三

　　TVB的第一版《倚天屠龙记》也是赵雅芝的首部古装戏。

　　"挺紧张的，因为那个时候我是新人，汪明荃和郑少秋都已经是阿哥阿姐了。另一个原因是《倚天屠龙记》是金庸的一部名著，在戏中扮演的角色周芷若也是很重要的，所以心理压力都挺大的。好在郑少秋是很好的人，他是一个很有经验的演员，那他会教我……这个我很感谢他。因为这是很难得的……肯去教新人，不是说那么简单的，是要很多耐性的……"

　　其实她外形芝兰秀气，温柔可亲，很适合周芷若的形象。

　　只是她毕竟刚出道不久，演技还不太成熟，作为第一位剧版周芷若，没有前人经验可借鉴，导致这个倚天屠龙案的"罪魁祸首"黑化重头戏几乎都是在走过场。

　　据汪明荃爆料，"秋官只爱照顾赵雅芝"。

　　对此，赵雅芝的回应就是感谢，感谢前辈照顾。

　　秋官就解释说汪明荃当时已是阿姐，赵雅芝还是新人，当然要照顾新人咯。

　　到了第二年的《楚留香》，赵雅芝肉眼可见地涨戏，一不小心就塑造了一个史上最经典版苏蓉蓉。此后在《弹指神通》《风铃中的刀声》里，演了三回"苏蓉蓉"。不知道是不是秋官教得好。

　　《楚留香》是为了跟亚视《天蚕变》对打，一个月赶拍出来的六十五集长剧，却收获意想不到的效果——不仅迷倒香港观众，更加风靡台湾，掀起收视热潮，令"秋芝"走红台湾。

TVB趁热打铁，为赵雅芝、郑少秋这对新晋荧幕情侣开拍新剧《上海滩》，但因拍摄《楚留香》期间疲劳过度，生了一场大病，郑少秋不得已辞演了"许文强"一角，并向监制推荐了周润发。

《上海滩》播出后万人空巷，甚至比"新白"还要火，发哥也因许文强一角大红大紫。

当时还流行过一阵毛衣小短开衫，穿在旗袍外面，叫"程程衫"。

赵雅芝可以说是最早的带货女神了。

四

一出道就结婚生子的赵雅芝，当时并没有很远大的志向，只想平平淡淡过日子，一边拍戏工作，一边相夫教子。

谁想到她第一次拍电影就是票房年冠；推掉邀约、放弃电影生涯，专心拍电视剧，一部《楚留香》又火到了台湾；接着第二年又"撞"上神剧《上海滩》……短短几年，她便顺利跻身一线花旦行列，与汪明荃、黄淑仪、李司棋并称"无线四大花旦"。

赵雅芝这命里，就是注定了要火的，躲都躲不过。

这个时期，她的婚姻生活开始出现问题。

"父亲喜爱看医学书，潜移默化地造就了我对医生天生的好感。"对于黄汉伟这个家里人介绍的当医生的老公，她当时也是认可的，但婚后相处下来，才发现两人的性格并不那么适合，再加上女方事业辉煌，聚少离多，男方大男子主义，受不了太太跟其他男艺人镜头前恩爱，逐渐就产生了罅隙。

拍电影《剥错大牙拆错骨》时，赵雅芝结识了擅长书法的演员黄元申，他经常写信给赵。

而黄汉伟恰巧跟某周刊老板有交情，无意间获得了这些信。随后更传出黄汉伟家暴的流言。

多年后，黄元申出家为僧，青灯为伴，彻底放下了红尘，对于这段往事，赵雅芝也再没提起过。

对于这段婚姻，其实后来赵雅芝也有做过努力。她婉拒了各大电影公司的邀约，放弃正当红的大荧幕生涯，并在1980年生下第二个孩子，但最终还是未能挽回。

她后来回忆道："1975年我就结婚了，后来有了两个儿子。但是的确两个人的性格相差很大。我那时就发觉，事业再怎么样也没有用，生活要是不幸福，什么都没有心思做的。整个人很辛苦，心也苦。"

五

在第一段婚姻走向尾声、夫妻分居的期间，她遇到了现任黄锦燊，两人在拍倪匡小说改编剧《女黑侠木兰花》时传出绯闻。

赵雅芝当时对外界表示一切只是误会，她以为黄锦燊也会说相同的话。

没想到，在媒体招待会上，被逼急了的黄锦燊直截了当地表示："我爱赵雅芝！"然后站起来，旁若无人地走了。

越是性格内敛安静的女生，越是对个性热烈而直白的人无法抵抗，所以沈璧君会爱萧十一郎，林真心会喜欢徐太宇。

后来，赵雅芝与黄汉伟正式离婚，并为了争夺两个孩子的抚养权而对簿公堂，这件事一度成为当年香港娱乐圈最火爆的话题。

在这段最低落的时光，黄锦燊一直陪在她身边，甚至为了能为她打官司出谋划策，熟读香港法律，并在若干年后考取律师证，成为一名正式的律师。

最终，赵雅芝取得了两个儿子的抚养权。

"和我先生在一起有很多原因，这是命运的安排，但我不会后悔做过的事情，我性格好坚决，决定的事情一定会做到底。"

两年后，她与黄锦燊在美国结婚，此后恩爱三十余载，再未放开过彼此的手。

"幸福不是必然的，爱情和事业需要经营，我的方法就是尽职尽责，体谅丈夫，在他需要的时候帮助他。"

她常说，她从未后悔嫁给黄锦燊。

六

说起赵雅芝的性格，让我想到了另一位女星：王祖贤。

都是在父母恩爱的家庭富养长大的女孩子，人也比较单纯，恋爱、结婚时都没有什么功利心，赵雅芝还是在崇德英文书院念的书，那是一间校风很严的教会学校，裙子要碰到膝盖（检查裙子的时候，女生统一跪在地上，裙子要碰到地板才算及格），长头发的女孩一定要扎起辫子。

在青春期接受了这样传统、严谨的教育，一方面塑成了温婉贤淑、重视家庭的妇德，另一方面也令她的性格传统、内敛、太要面子，有了"丑闻"自己就先受不了了，于是选择避开是非之地——香港。

网传赵雅芝当年去台湾发展，是因为名声变差，在香港混不下去了。

其实不是的。

她离婚那段时间，虽然心里苦，但事业发展一直平顺，在TVB合作的都是一线小生，主演的《魔域桃园》《观世音》接连在纽约国际电影电视节获得金牌。

选择离开香港去台湾，是因为她过不去自己心里的坎儿，也是为了度过平淡的转型期。

休息了两年，生下第三个儿子，赵雅芝顺势在台湾复出，接拍林语堂名著《京华烟云》改编的同名剧集，又火了一轮。剧中她以34岁的"高龄"将姚木兰少女时的娇美、少妇时的温婉、中年时的端庄，演绎得层次分明，由此获得了1988年金钟奖最佳女主角的提名。

后来大陆翻拍《京华烟云》，芝姐还送上了祝福，赵薇在拍《致青春》的时候，也有在电影中致敬"白娘子"。

接着是火遍台湾、香港、内地的《戏说乾隆》。

赵雅芝一人分饰草莽帮主程淮秀、罪臣之女沈芳、刺绣名家金无箴三个角色，至今难以超越。

七

从《楚留香》到《戏说乾隆》，十三年间"秋芝"合作了八部戏，演绎了几生几世的爱恨交错、生离死别，收割了一波又一波的cp粉。

不过他们两个人现实中纯粹是好友，认识的时候已经各自婚嫁，后来又都离婚、再婚，一个生了仨儿子，一个生了四个闺女。

郑少秋嘴巴比较甜，会开玩笑说喜欢阿芝啊，夸阿芝美啊，阿芝温柔啊，阿芝的眼睛迷蒙蒙，看一眼魂就被勾去啦……"阿芝"则永远一本正经说秋官是好老师、好前辈、好同事，还不解风情地解释说自己眼蒙蒙是因为近视。

作为好老师，郑少秋确实对她照顾有加，她性格一直比较安静内敛，不会来事儿。和很多女演员同聚一堂的时候，她的存在感总是很低，然后秋官各种cue她，帮她制造话题，一起工作的时候，也从来不嫌弃她演技欠成熟、唱歌跑调等，样样都耐心教导她。

每回教完了之后，都会拍出一部神剧来，比如《楚留香》之后的《上海滩》，再比如《戏说乾隆》之后的《新白娘子传奇》。

在一档阿姐主持的节目里，有个"唱谈郑少秋"环节，几个人跟主角轮番合唱，但他就只牵了她一个人的手。荣耀红馆演唱会，请来了几位女嘉宾助阵，他还是只牵她的手，并且牵着就不撒手。

想一想，昔年从TVB走出来的荧幕情侣们，赵雅芝＆郑少秋、郑伊健＆陈松伶、黎明＆李嘉欣、关咏荷＆欧阳震华、古天乐＆宣萱……观众的心态，多少都希望戏里登对的他们戏外也有些牵连，然而，对于他们本身而言，最适合的关系未必是情侣，做好友，反而可以长久。

八

出演《新白娘子传奇》的时候，赵雅芝已经38岁了，还能有那样的身段、颜值，简直仙女本仙。

她把头发梳上去，就是韵味少妇，把刘海儿放下来，就是青春少女……剧中白素贞跟胡媚娘都是她一个人演的，但感觉完全不同。小时候不懂事，觉得活泼俏丽的胡媚娘更美一些，长大了才知，胡媚娘是小美人，白娘子才是大美人。

赵雅芝塑造的白娘子形象美丽温婉、落落大方，绝非柔弱无助的小白兔或是没心没肺的傻白甜，更不是只会闯祸等男人来救的玛丽苏。她秀外慧中，勇敢无畏，既贤淑优雅，又有自己的独立人格……仿佛中华传统女性所有的美好品德，都集中在这个角色身上。

真正是：男人都想要这样美丽而贤惠的妻子，女人都希望有这样温柔而优雅的姐姐或妈妈。

《新白娘子传奇》播出后，赵雅芝一跃成为台湾片酬最高的女艺人，奠定大神地位。

剧中赵雅芝、叶童的女搭档也获得了意想不到的成功，随后她们被默认为新的荧幕情侣。

叶童还不止一次在节目上说过，那时候会迷茫，觉得自己爱上赵雅芝了。

不过赵雅芝这个钢铁直女从来没回应过。

不久两人再续前缘，一口气合体主演了《帝女花》《状元花》《孽海花》三套古典爱情系列剧。

"童芝"这对"姬"圈始祖级别的cp，除了传绯闻，还传过不和。

但多数只是谣传，她俩如果真的不和，就不会有后面那么多cp戏了。

后来两人也多有交集，2001年叶童主演的《里情》首映，赵雅芝去捧过场，2002年两个人一起游湖，2004年一起上《同一首歌》，2007年真维斯大典，2012年国剧盛典，2013年江苏春晚和郭的秀，2018年湖南春晚……

对于不和传言，叶童机智地回应道："传不和总比传其他的要好吧……"

九

当年赵雅芝在台湾拍戏是附带了很多条件的，一来片酬高，二来要保证她的休息时间，周末一定要回香港看孩子，不过台湾还是愿意请她，四十岁了还能演大女主。

她决定回归家庭，息影前拍的《秦始皇与阿房女》片酬是400万港币，而同剧男主角刘德凯仅为130万，她饰演的阿房女戏服近三十套，秦始皇才三套，这在当时引发了观众热议。

拍完了阿房女、雪娘之后，赵雅芝做了息影的决定。

此后她以家庭和儿子为重，工作上开始减产，只有遇到喜欢的作品才会出演，两三年才会拍一部戏，再复出，演的就是妈妈的角色了。

可以说，除开第一段失败的婚姻，她的人生称得上是完美。从来没为事业操过什么心，演什么火什么，跟现任丈夫恩爱多年，三个儿子都在加拿大学成归来，老大、老二过着普通人的生活，做着普通的白领工作，很少曝光，小儿子黄恺杰现在做演员，但他出道很晚，加州大学毕业后，又去北电念了一个硕士（师从王劲松），演了一堆不知名电影，但没跑过龙套，缺钱是不会的。

她的老公黄锦燊后来退出娱乐圈，改行当起了律师，2002年那起梁家辉打伤巴士司机索赔案，就是他做的辩护；除了本职工作，他还在香港药业集团、香港报业评议会、香港演艺人协会等兼任职务，更在2014年跟老友陈欣健一起创立了国奥影业，近年来参与出品过《老九门》《飞刀又见飞刀》等影视剧。

也许是由于她的外形、品行都过于完美，在这个"审美疲劳"的网络时代，总是避免不了被不怀好意者栽赃陷害，有一段时间她在天涯被疯狂抹黑，每帖必刷丑图，还好那阵歪风邪气很快过去。

人们也终于承认了，这个世界上，真的有完美的贤德女神。

她的贤德不仅体现在影视剧里，为了帮衬老公开公司，她卸下光环复出工作，频繁接商演，给规格不称她的活动站台；在被网络抹黑的时候，从不恶言相对，清者自清，处处体现一位贤淑女子的风范。

十

如果把美人比喻成一朵花，那么赵雅芝无疑是一个花期极长的美人，常人美到四十岁就知足了，她居然美到了六十岁，恐怕还要一直美下去。

2012年，五十八岁的她做港姐评委，在旁观席上颔首一笑，秒了场上所有港姐。

2016年，六十二岁的她探望敬老院，一位六十一岁的奶奶拉着她手说："这小姑娘长得真俊呐，你多大了？"令人啼笑皆非。

同一年，她参加芒果台的《偶像来了》第二季，让人再次见识到岁月对她的格外恩宠。

多数女人到了这个年纪，也就没什么女人味了，取而代之的是一种……无性别感。

难得的是，赵雅芝身上依然有着浓重优雅的女人味，既有她演白娘子那会儿的端庄娇美，又有岁月沉淀后的醇厚韵味，再年轻漂亮的女孩在她身边，都沦为陪衬。

而且比起前几年刚复出的时候，她这几年的状态越来越好，或是因为老公的公司步入正轨，经济压力小了，也就没有那么密麻不挑的行程了。有老公陪在身边到处飞，工作都当是旅游。

她的心态一直稳健，这几年的街拍衣着风格也越来越舒服自在，不管何时何地被拍，都是笑意盈盈的，端庄妩媚中透着自信沉稳，"刻薄""老气"似乎从来与她无关。一如她早年饰演的那些传世经典的角色一样，风华绝代。

比起满大街医美雕塑出来的不老皮相，赵雅芝真正打动我们的，或许是其在岁月长河中跋涉始终宠辱不惊、淡然处世的心态，由内而外散发出来的优雅，永远不会骗人。

愿这位陪伴了几代人年少时光的美人娘子，能无忧、自信地美下去。

黎姿：没见过玫瑰流泪，又怎配拥有玫瑰的香

她的香

* * *

她是真正的公主，却从来没有在城堡里住过一天。

在贫瘠的成长之路上，她守护着一个小小的家，悲伤着，坚强着，努力地盛放着。

荧幕上，她塑造的绍敏郡主一生无忧，灿若玫瑰。

现实中，她百折不挠做家人的大女主，坚如磐石。

人人都以为，风雨后，玫瑰只得枯萎。

却不知，撑下来的那株，香气会愈加馥郁。

一

金庸小说的女主角有很多，招人喜欢又命好的却不多。

王语嫣、阿珂、喀丝丽是空有美貌的花瓶；灵素、文秀够聪慧，却只落得形单影只，遇而不得；霍青桐没福分遇上世间最好的儿郎，给阿朱遇上了，也无缘相守；水笙、小龙女都是遭过大劫、受过重创的；盈盈看似完美无缺，却因小师妹的早逝，在情爱一事上始终输了半招儿，令狐冲一颗心分两半，她得一小半。

想来想去，最如意的人只有两个：黄蓉和赵敏。

金庸迷们都说赵敏灿若玫瑰，事实上，横跨几十年的"倚天屠龙"影视风云际会，赵敏的扮演者数不胜数，却只有一个人真正演出了赵敏的灿若玫瑰。

这个人就是黎姿。

黎姿本人，首先长相上就有相当的优势。有人说，黎姿的美，是一种最标准的美。换言之，你可能不会觉得她最美，但你一定不能否认她的美。在20世纪90年代的TVB花旦中，大概只有她和朱茵，当得起这样的评价，因而一个演了俏美的黄蓉，一个演了明艳的赵敏。

黎姿的美，并非仅体现在雕塑式的外表上，而是内敛在一颦一笑、举手投足之间，十分美丽之中，更带三分英气、三分豪态，同时雍容华贵，自有端严之致。剧中无论是华贵艳丽的郡主服、端庄雅致的汉人服，还是粗衣淡色的船夫服，又或者白装素裹的孝丧服，都散发着一种摄人心魄的魅力，难能可贵。

在最合适的年纪遇到最合适的角色，是演员的幸运，也是角色的幸运。

两相比较，似乎更是角色的幸运。

因为黎姿不演赵敏，演别的角色仍会很出色；但不是她来演，便无最完美的赵敏。

二

赵敏含着金钥匙长大，且一生顺遂，除了"倚天屠龙案"中被周芷若栽赃了一阵子，几乎没吃过什么苦头。

黎姿就没那么好命了，她不是赵敏般的天之骄女，而是辛德瑞拉一样的落难千金。

她的祖父是"香港电影之父"黎民伟，追随过孙中山拍纪录片；祖母林楚楚是和阮玲玉同期的女星，伯父黎铿是20世纪30年代著名的童星，两位姑妈黎萱和黎灼灼都是TVB资深演员，姑父是"中华民国总统府"秘书长沈昌焕。这样的家世，可以用"显赫"来形容了。

但她出生的时候爷爷已经过世，她的父亲是家中第九个孩子，且因小时候患有脑膜炎失聪，听觉只有二至三成，更加不受重视。

到了黎姿这一代，家道已然中落。

奶奶去世后，父亲在家族遗产争夺大战中，因病残无能，败下阵来。无以为继的一家四口只好由何文田豪宅，搬到九龙城东头村的二百尺公屋，一个连独立厕所都欠奉的徙置区。每日与老鼠为伴，全家亦经常被邻居欺负，她连公厕也不敢上。父亲便在厨房旁搭建一个简陋的洗手间，即使喷了空气清新剂，在家里做菜和吃饭时也能嗅到它的异味。

那时候她9岁，弟弟5岁，父亲没有工作，一度只能靠妈妈做货车司机艰难度日。

尝尽了人情冷暖的黎姿格外懂事，很小就以童工身份演出舞台剧。14岁去片场打工，一边读书、一边跑龙套，最累的时候倒在哪儿都能睡着。但她心里不觉得苦，因为可以挣到钱帮妈妈分担家用了。

但即使这样，家里还是供不起两个孩子一起读书。为了让弟弟顺利毕业，黎姿干脆辍学了。

多年后，当记者再问起这件事，她只说自己没有读书的天赋，弟弟比她聪明，读书的机会给他会更好。

三

黎姿的入行也是机缘巧合。

中二时她去找在健身会打杂的父亲，被刚巧前来健身的许冠杰发掘，介绍到新艺城试镜，凭标致长相获聘担任数天的临时演员，并参演电影《开心鬼放暑假》。首次参演的茄喱啡（小龙套）因演技较其他临时演员出色而引起公司主席兼该片男主黄百鸣的注意，完成拍摄后即与她签约，正式展开了长逾二十年的演艺生涯。

插播一个有趣的细节，黎姿首次担正的电影《飞跃羚羊》中，有一个为了一百块一天来运动场跑龙套的女学生，她叫袁咏仪。

从龙套到女配、女主，没两年黎姿就成为家中的重要支柱，在手中有余钱时，一口气出售所有家当，于黄大仙天马苑供起一套居屋，让家人有了一个更舒适的居住环境。

到了十六岁遇到了她的初恋：三十七岁的黄玉郎。当时黄玉郎已离婚，前妻移民澳大利亚，可年龄上的差距依然令她背负上了"小妖精"的恶名。

黄玉郎被称为港漫奇才，代表作有《如来神掌》《龙虎门》等，20世纪90年代创作的《大唐双龙传》《射雕英雄传》等引发过港漫界的武侠小说改编潮流。

他有部漫画叫《龙虎五世》，里面的女主角也叫黎姿。

黎姿十七岁生日的时候，他还为她在香格里拉饭店办豪华派对，看得出热恋时他对黎姿还是蛮用心的。

两个人的感情一直维持到1989年，黄玉郎经济上出现问题，在入狱前找了要和前妻复婚的理由，在电话里同她分手。

黎姿为此苦苦哀求，同他讲即使他没有钱了、落魄了，她也肯跟着他，一起熬过去，痛哭流涕，甚至自杀，最终也没能挽回这段初恋。

几年后黄玉郎出狱，再追黎姿，甚至发动公司员工为她投票最佳女主角，但往事已矣，长大后的黎姿已不会为他回头。

四

黎姿曾在《志云饭局》上形容这场情变，用的是"晴天霹雳"一词，可见受伤至深。

分手后，李嘉欣的老公许晋亨追求过她，并传出绯闻，可是那会儿她还没从失恋的阴影中走出来，时机不对。

情路受挫之后，黎姿便专心投入演艺和家庭，默默耕耘了十年。

虽说出身电影世家，但她的演艺之路从未获得过家族帮助，以她的性格，也并不适合演艺圈的工作，连姑姑黎萱都说："一般见她的时候她都很安静地坐在一旁不说话，偶尔抬头微笑一下，我都觉得她很不适合做演员，演员是要放得开的。"

少不更事时她参演郑则仕执导的《狱中龙》，被郑导在现场破口大骂不懂得演戏。

同一年，她也有过一个非常好的机会，可以去演王家卫的《阿飞正传》，但角色需要把头发剃光，她直接拒绝了。外界传言她爱惜美貌不肯剃发，黎姿后来有解释，说其实她是对自己没有信心，不晓得剃光头后该怎么演，也没有意识到王家卫的能力和价值。

港片时期她的低存在感一直持续到1996年，黎姿在《古惑仔》系列中饰演叛逆幼稚又温柔痴情的小结巴，摆脱了往时"玉女"的形象，给观众留下深刻印象。甚至于她走在铜锣湾，有些货车司机都从车上跳下来，毕恭毕敬地叫她一声"阿嫂"！

但好景不长，她很快遇到了演艺生涯第一次严重低潮，接连参演的数部电影都票房欠佳，被传媒批评"丢了爷爷的脸"。

曾经半年甚至一年没有接到片约，她亦言曾想放弃演艺事业。

但最终还是坚持了下来，为了赚钱、为了家人，也为了在收山前有多一部能证明自己的作品。

五

大银幕遇到挫折，就集中转往小荧幕发展。

后来TVB重新翻拍《倚天屠龙记》，因黎姿1993年在电影《倚天屠龙记之魔教教主》中饰演过黑化版的周芷若，所以原本还是定她演周芷若。后来原定演赵敏的袁洁莹生病辞演，角色转给打女梁铮，梁铮当时不想执二摊，也辞演赵敏，最后花落黎姿，周芷若一角则由玉女佘诗曼顶上。

结果她因为这个角色又小火了一轮，也成为史上唯一一个既演过赵敏又演过周芷若的金庸女郎。

接着是两三年的平淡期，直到遇上《金枝欲孽》的玉莹小主，黎姿作为演员才开始大火，于当年获封视后，并由姑妈黎萱亲自为她颁奖。

这也是她出道十八年来首次获得的奖项。

领奖时她说："辛苦了十八年才有成果，我没有丢爷爷和奶奶的脸，我为家人扬眉吐气，往后我会努力为TVB拍更多好戏。总有人讲黎姿不行，我（哽咽）……谢谢得奖。"

她也把这个奖献给从小因脑膜炎耳聋的父亲："这是我入行以来，在爸爸那个淳朴世界里唯一能明白的荣誉。他看直播看得哭了。"

从《古惑仔》里的小结巴，到《倚天屠龙记》里的赵敏，再到《金枝欲孽》里的玉莹……走过不温不火的龙套岁月，也在数十部商业片里摸爬滚打，那一刻观众的掌声就是最大的认可。

但因同剧另一女主邓萃雯亦得到众多观众的喜爱，她的获奖一度引起争议。

不过其后几年的努力，也逐渐让人明白她是实至名归。并与佘诗曼、蔡少芬及宣萱被誉为无线电视2005年—2007年的"四大花旦"，奠定视坛地位，片酬亦由五千港元一集跃升至四万五千港元一集。

六

弟弟黎婴也很争气，在黎姿闯荡演艺圈赚钱养家时，他先是以优异的成绩考入香港中文大学医学院，之后赴英国深造，考取医学硕士，并在铜锣湾开设了一家皮肤护理中心，成为了一枚真正的海归高富帅。

不管是在人前人后，黎姿一直对弟弟赞不绝口，美容院开张时，她便现身当活招牌支持弟弟。

诊所刚开张，黎婴接受采访时说："姐姐和我既是姐弟，也像我半个妈妈那样照顾我。我们同时也是最谈得来的朋友，什么都可以说。姐姐很懂事，进娱乐圈打工赚钱养家。我整天都见她躲起来哭，我知道姐姐在娱乐圈压力很大，她辛苦了20年，我说现在开始你不如不干啦，由我养你。"

事业慢慢走上轨道后，他说到做到，创业不到半年便买宝马送给姐姐，报答她多年来养育之恩，还会送她信用卡消费，但是黎姿却说那是弟弟很辛苦才赚来的钱，不舍得花。

故事到这里，仿佛是个苦尽甘来、无限明媚的结局。

可惜不过两年，一场车祸意外降临，令黎婴报答姐姐的夙愿落空，也又一次改变了黎姿的命运。

黎婴乘坐的出租车途经跑马地时，遭另一辆出租车拦腰猛撞，上半身被抛出车外，头部撞向路边石基，立即血肉模糊，重伤昏迷。

事发时黎姿正在拍摄《珠光宝气》，听到消息立刻丢下剧组赶往医院。医生告诉她，她的弟弟脑干中央像被切开了一半的月饼。手术之后，也不能确定什么时候醒来，可能一辈子都不会醒过来。

又是一个晴天霹雳。

就好比努力了很久之后终于得到了某样东西，但是老天爷只是给你摸了一下就收了回去，并且告诉你，你不可能再拥有它了，这比不曾拥有过更令人难受。

面对这一打击，黎姿的做法让人十分佩服，为了照顾弟弟以及家人，后来她放弃了自己的事业。

她宣布退出娱乐圈时，不少艺人及影迷都感到愕然、惋惜。

早年发掘她入行的黄百鸣称她是有情有义的女孩，并相信她无论在哪一方面发展，都会一样出色。

七

黎姿是坚强的，但她也从没否认自己的脆弱，她说，弟弟发生意外是她人生的低点。

习惯了成为家人的支柱，她更担心自己的父母接受不了。面对生死未卜的弟弟、以泪洗面的家人，作为长姐长女的她只能强忍悲痛，一边照顾弟弟安慰父母，一边奔赴片场挣昂贵的医药费，日夜辗转在医院和片场两地，几近累倒。

一夜之间，仿佛又回到了那个时候：只要有戏拍，她都不会推辞。

　　弟弟的治疗费用居高不下，其间黎姿复工拍摄了《珠光宝气》剩余的戏码，甚至因为去澳门出席商业活动赚钱，差点被卷入了"淫媒门"。与此同时，弟弟的美容院也岌岌可危。不少熟客纷纷到公司要求退还预交的款项，大量熟客流失，导致公司一度裁员，濒临关门。

　　但就像她决不放弃弟弟的生命，她也从未放弃弟弟的梦想。

　　由于对经营生意一窍不通，在弟弟昏迷的三个月里，她自己经常哭，不知道怎么办，还曾多次想过放弃护理中心。可是，事实是她坚持下来了。因为每次向弟弟汇报公司情况，员工、家人对他的支持和不离不弃，弟弟都有反应，眼神充满希望，笑容灿烂，让她无论多辛苦也要坚持下去，要延续弟弟的心血和诚意。

　　就算怀孕期间，她也常常在公司坐镇。店里招牌上的主治医生一直挂着黎婴的名字，她相信他总有一日能重掌业务。

　　在黎姿的照顾下，原本只能靠仪器维持生命的黎婴奇迹般苏醒，只是，从此半身不遂、言语不畅，成了残疾人。

　　还好黎婴康复程度比预期理想，经过10多次头部及脑部手术，状态渐渐好转，思维越来越清晰。当黎姿在港补摆喜酒时，黎婴已经可以开口祝贺她，婚后也跑去商场给小外甥女们买衣服。

　　再后来把诊所连锁店开到中环，并在上市后的短短半年内获颁"杰出上市公司"称号，她回忆这些时依然笑中带泪说："希望我做好这间诊所，我会默默等待我弟弟有一天可以痊愈，站起来和大家说话。"

八

很多人不理解这样的付出，黎姿却坚定地回答："我的使命就是照顾我的家人，从十四岁开始我就习惯了这种使命，对我来说，弟弟和爸爸妈妈的微笑，比什么光环都重要。"

或许是上天怜悯她背负太多，就在两边为难、生活举步维艰之际，她的真命天子也悄悄来到她身边。

马廷强是香港"东方报业集团"创办人之一马惜如之子，身家上亿港币，人称香港第二代跛豪。他跟黎姿是在宴会相遇，黎姿见他腿脚不便，便去帮扶，感动了马廷强，便开始追求她，一追就是六年。

实际上，在弟弟出事之初，黎姿都还没有正式接受，只称他是一个心肠很好、很讲义气的朋友，但没有到恋爱那一步。

黎婴车祸入院后，马廷强一直陪在她身边，帮黎婴请了最好的医生，专门为黎婴建了一个基金用于他的康复治疗。他性格内向沉稳却体贴温柔，在黎姿奔波于片场和医院、公司之间疲惫不堪的时候，对她说，"别做了，我会照顾你一辈子"，并承诺，以后黎婴的事，就是他的事。

在退出演艺圈三个月后，三十九岁的黎姿出人意料地公布了婚讯。

她通过TVB发布了四张结婚相片，及播放一段近两分钟的录音读白，说"好开心地告诉大家，我已经结婚了"，背景音乐是她自己演唱的歌曲《你是明日意义》。

随后，她还对丈夫发表了一段"爱的宣言"，言语中尽是对对方的感激："我很感恩，感谢我的先生。他不仅爱我，还爱我的家人，我很感谢他一直以来给予我的无微不至的关怀。在这一刻我深深地体会到，原来我所经历的五光十色的影视之旅，远远不及简单平凡的家庭生活能带给我幸福和温暖，更没有任何东西比得上家人亲情来得重要。"

曾有风水先生给她批字，说她三十岁前没有可能结婚。黎姿从报纸上看到，当即就哭了出来。

她三十岁前，果然没有嫁出去。

但却在三十九岁的时候，幸运等到了一个爱她、护她又以娶她为荣的男人。

九

有人说，黎姿是出于感动和报恩，才决定嫁给马廷强。

她很小扛起家庭重担，这么多年来都是她在照顾别人，如果有一个人愿意照顾她，她当然会感动。其实感动只是一方面。经历过早年家庭的贫困、父亲的备受歧视、弟弟的英年瘫痪，她比别人更懂得生活的艰辛。而这个身有残疾却依然自信乐观、睿智强大，饱含生活阅历，又能陪她走过人生最难时刻的男人，对她而言，恐怕比一般的富家公子更值得欣赏。

还有人说，两人不是真爱，相貌不配、财富悬殊，女的为财、男方图色。

但一个女人，幸福与否，是可以从脸上看出来的。

她婚后的日子，并没有大众预想中的波澜壮阔，没有"豪门恩怨"，没有隔三岔五的"婚变"，没有名包炫富。

结婚九年以来，老公驰骋商场，她也幸福地忙碌着，无论何时被狗仔拍到，眼角眉梢都挂着温柔笑意，这样的状态不是每一个豪门太太都有的。

生第一胎的时候，她也完全没有女明星必须保持身材的压力，自然地发胖，和一般孕妇并无不同。

双胞胎女儿出生之后，老公高兴坏了，大手一挥送了她价值一千五百万的游艇。生第二胎的时候越发雍容华贵，看到第三个小公主的出世，老公仍是乐到合不拢嘴，又各种奖励。

从十四岁出道，黎姿做了二十多年的演员，但是她在接受内地《明星周刊》采访时说，自己最大的理想就是做别人的老婆。

早年追她的人不少，中间分分合合也不少，但是始终没有找到那个称心的人。

她自己说过，她更倾心成熟年长一些的男人，"不是因为他们有权有势、有地位有金钱。我只是一个弱小女孩，我欣赏他们。我都经历很多，见过好多世面，基本上同龄的男仔，我怕沟通不了"。

从零开始学做一名商人、一位妻子、一个母亲，每天坚持亲自去公司坐镇，与员工并肩作战，收工后马上回家一手一脚照顾家庭，绝不疏忽任何一边。

生活里所有的一切，都在这个坚强女人悉心呵护、不懈努力之下，慢慢好转起来。

　　她的事业越做越好，她的笑容还是那么温柔，好似她的人生从来没有遇到过难题一样。

十

　　回望黎姿封后的角色——侯佳·玉莹，撇去戏中的心机暗算，那是一个独立执着的小女子，艳光之下，活得艰难却又坚强——这是玉莹和黎姿共同的特点。

　　不同的是，现实中的黎姿并无半点腹黑和野心，明明美得倾城，却不滥用风情。

　　为了养家，她进入娱乐圈；为了弟弟，她退出娱乐圈；为了弟弟的梦想她去经营皮肤诊所；为了稳定的家庭生活，她嫁给一个雪中送炭、可以为她遮风挡雨的男人。

　　人生抛给她太多的磨难，但是她从来没有抱怨过，每一条路，她都想得明白透彻，绝不后悔。

　　她不止一次提到，她弟弟出事之后，有很多朋友陪在她身边，她很感动。她也说不幸中的万幸，是弟弟出事的时候能被及时送到医院救治，保住了性命，最重要的是一家人齐齐整整，能够在一起。

　　无论多困难的处境里，她都竭尽全力做到最好，用自己单薄的肩膀扛起重担，将生活一点一点扶回正轨。

　　前半生一路坎坷，她有时撑不住了会躲起来哭泣，但只要出现在公众面前，便总是甜甜的梨涡浅笑、温婉的双眸含情，这个看似柔弱、在苦难面前却无比强大的小女子，的确是值得尊敬的。

一出道便有"小林青霞"之称的张柏芝曾公开说过，整个香港她只承认黎姿比她美。

两人的出身有相似之处，张柏芝赞她"美"，除了天生的美貌，更多的是认同及敬佩她对家人的守护付出以及她身上那份动人的坚强吧。

多年后，张柏芝的弟弟张豪龙对黎姿说："我姐姐很尊敬你，因为她跟你一样，从小就肩负起养家的责任，但你比我姐姐更辛苦。"

所幸，辛苦得来，命运也给她应得的回馈。苦乐参半的小半生过去，虽不算事事完美顺遂，但她温婉甜美的笑容，却是这尘土中开出的最灿烂的玫瑰。

张曼玉：我只爱生命原本的样子

她的香

杜可风形容她是最值得欣赏的女人，"能在思想上带我走进一个我没去过的地方"。

刚出道时她的样子是俏丽可爱的，选美时就抓住了一批女性看官的好感。

而她的真正魅力，是从片场里浸染出来、于时光里雕刻出来的。

自然、纯净、坚韧、优雅、不失知性的美丽，岁月改变了她的气质与格调，不变的，是她对本我的坚持。

一

张曼玉是一个"执我"（作者造的词，意思是执着自我的简化、佛化）入骨的人，但又并非爱钻牛角尖一味苦了自己，因而日子一直过得挺洒脱自在。

她无心求佛，也无心向道，只是在恍恍尘世从心所愿，漫步前行时，无意中得了这个缘法。

无论做什么事，拍戏、唱歌也好，拍拖、结婚也好，她都会投入百分百的热情，毫无保留，有点像费雯丽。

不过，费雯丽一辈子只固执地、投入地爱过一个男人，其他都是负累；张曼玉的情史就丰富多了，连她的最佳前男友尔冬升在多年后碰上好事记者，追问他对旧爱感情时，也忍不住自嘲地吐槽："我跟她分手之后，她中间换了多少个男朋友？你数一数，轮不到我讲啦。"

她的热情也是一段接一段的，失败了便肝肠寸断，而后万气自升，剑冲废穴，涅槃重生。

她算不上高情商，最不擅长的是戴着面具，逢场作戏。但她也绝非情商低，她只是活得比一般人自在些，身与心都自在，因此大半生快活日子多过烦闷、忧伤。

她这种纯粹的性格，有追求又易满足的心性，连很多男明星都会羡慕，因为自己做不到。

成龙评价她："她的成就并不主要在演艺方面，尤其重要的是做人方面。她是我所见过的最为成功的一个女人，也是最快乐的一个女人。她活得很自我，因此，她也就显得与众不同，显得比任何人都可爱。我从没有见过像她那样乐天知命的人。"

梁朝伟会去向她请教在乏味生活中寻求快乐的方法，"她是一个非常聪明、非常有想法、非常努力，而且非常要求自己进步，可是又不像我会要求得太严格的那种人，她会自己去寻找快乐。我觉得她是一个不会被命运控制的人，想要怎样就怎样，很懂得去控制自己的命运"。

她钟意所有的物与事原本的样子，也习惯了向世人展示自己原本的样子。

二

关于入行理由，大多明星都会有自己的一套说辞，而张曼玉非常直接地就承认了，"贪慕虚荣嘛"。

在她看来，人都有贪慕虚荣的权利，这并非是一件丑事，没什么说不得的。

她一直都有做大明星的梦，跟刘嘉玲一样，最早是因为迷恋黄日华，才更加坚定了这个梦想。她八岁移民英国，十七岁时回香港探亲，原本打算去电视台索要偶像签名，却在中环逛街时被星探挖掘，去拍了大量日本电器产品广告，成为一名模特。

青春期的张曼玉没有如今优雅的女人味，但从国外归来的她鬼马精灵，另有一番感觉。

"静静地，静静地再起革命……"这是一支在香港市政局首次分区选举期间，播放到街知巷闻的汽水广告歌。广告中张曼玉与男伴抱着一只软萌的小狗漫行沙滩，画风可爱到令所有看过广告的人缴械投降，无论男女老少。

她最大的优势便是她天生衣架子的模特身材，还有那率真又生动的个性。她能轻松入行，并拿到1983年的港姐亚军及"最上镜小姐"奖，在演技还非常稚嫩的时候就稳坐一线花旦，位列TVB"五丽人"之一，也多得益于此。

这种上午在某部剧里演撒娇女友，晚上在另一部剧里又演西域公主的日子没过多久，她就离开TVB签约嘉禾。刚一加盟，便有幸与成龙合作《警察故事2》，成为龙女郎。至此，她再也没有演过电视剧。

那时的张曼玉只有英语是流利无碍的，说不好粤语，也说不好国语，背台词全靠拼音辅助，但因为她灵动可爱的形象，仍然有不少圈内人看好她，尤其是女性前辈。

徐枫看出她身上有未被挖掘的文艺气质，于是邀她出演了人生中的第一部文艺片《黄色故事》。

亦舒在为小说《玫瑰的故事》电影版选角时，也点名要张曼玉出演女主角黄玫瑰，"我不管她会不会演戏，只要她走出来，我就要看"。

就这样，在小荧幕上当花瓶，转到大银幕还是当花瓶，这种日子一直持续到了1988年。

三

1988年，是张曼玉职业生涯的转折点。

她遇到了一位年轻导演，出演了这位导演的处女作，并获得了金像奖最佳女主角提名。这部电影叫《旺角卡门》，这个导演叫王家卫。

在此前，她根本不懂拍电影是怎么一回事。对她来说，那只是一个赚钱游戏，跟疯了似的一年接12部电影就是为了赚钱，"那时候，张国荣老是问我，为什么要接那么多戏？他不知道我着急的，着急自己只能红几年。那些电影，现在看，完全记不得是怎么拍出来"。

得徐枫赏识、拍《黄色故事》，她开始有了提升演技的意愿。

遇上王家卫，拍《旺角卡门》，她这才慢慢找到了自己的表演风格。

其实模特出身的张曼玉一开始便具备质变的条件，她肢体舒展，动静皆宜。专业一点说，就是她的肢体语言非常丰富。王家卫敏锐地观察到这一从前未有人注意到的特点，并鼓励她，可以尝试用肢体来表现人物内心。

影片中她饰演刘德华的女友阿娥，清纯文静而又富有灵气，成为不少宅男心目中的波西米亚女神。

其中有个长镜头被奉为经典。

镜头中的张曼玉没有一句台词，单靠眼神和肢体，丰满了人物。

通过这部电影，她摆脱了以前咋咋呼呼的形象，开始成为具有内心表现力的演员，以及各大颁奖礼上的常客。

她对此十分感激，"和王家卫合作很有安全感，因为我知道他是特别敏感的，能够看到其他导演看不到的地方，永远会把我最好的一面拍出来。他为我打开了一扇门，使我明白：表演不仅仅是一种陈述，而是要发自内心，需要整个身心地投入，而不是光靠脸部或眼睛"。

这之后，她成为了王家卫电影里永远的苏丽珍——《阿飞正传》里痴情内敛的苏丽珍、《花样年华》里想爱而不能爱的苏丽珍、《2046》里被周慕云念念不忘的苏丽珍，都是文艺青年和小资中年的最爱。

这之后，几乎每一年，她的演技都有质的变化及提升，除了三代苏丽珍，还有风骚泼辣的金镶玉、美丽落寞的大嫂、灵动慧黠的月凤、妖娆天真的青蛇、苦涩坎坷的阮玲玉、现实善良的李翘……每个角色都栩栩如生，让人看不出到底哪个才是真正的张曼玉，因而她被唤为"千面曼玉"。

而不曾变质的，除了她自在随心的个性、纯如白纸的品性，还有她对待感情与人生的态度。她为人最不擅长逢场作戏、刻意讨好，无论拍戏还是恋爱，她都要倾注最饱满的感情。

四

"在女人的生命中，最重要的一定是爱情，一个在爱情中的女孩子是最开心、最幸福的。"在她的价值体系里，爱情就只是爱情，不是别的什么，也不可以被用作他图。

自1983年当选港姐亚军后，她便传出一段接一段的恋情，男友遍布各行各业，有钱的、没钱的都有……物质条件她不计较，只要感觉对了，她只管尽情投入。

但这样一个纯粹天真的好女子，却总是遇人不淑。

1983年—1985年，她交往了一个设计师男友Eric，是个港版何书桓，在两人拍拖同居后仍与前女友藕断丝连，反反复复，她备受压力，愤而分手。

1985年—1987年，她与韩籍发型师Kim相恋，分分合合三次才正式结束。当年她对某周刊的记者推心置腹，将Kim写给她的情书给记者看，分享恋爱的甜蜜，没想到被记者出卖，细节全部被报道出来。

1987年—1990年，她经由经纪人陈自强介绍，结识了刚好也在空窗期的导演尔冬升，两人随即坠入爱河，但尔冬升的大男人性格令她难以忍受，最终撂下一句"他最爱的是赛车不是我"，分手收场。

平心而论，尔冬升是她交往的那一堆男友里综合素质最好的一个，这段感情也在她的情路长卷里难得起了正面积极的意义。他会教她如何演戏，教她简单自然的生活品位，教会了她许多事、许多道理。在机会来临时，他鼓励不够自信的她接下关锦鹏的《人在纽约》，多与张艾嘉、斯琴高娃这样的高手切磋演技。凭借《人在纽约》，她在25岁那年拿到了金马影后，这是她人生中的第一个荣誉。

尔冬升虽少爷秉性加艺术家脾气，不会搞浪漫哄女友，不肯照顾她心情、为她改掉赛车的嗜好，但至少没有在道德上或感情上做出对不起她的事。

隔年出现的，就是一个彻底的渣男了。

1991年—1993年，她和美术指导Hank因拍《双城恋》相识，热恋中她喊他"死猪"，他喊她"死鱼"。可是这头"死猪"在两人分手后，把"死鱼"写给他的数十封情书及两人合影卖给了八卦杂志。

只上过中学的张曼玉情信写得简单直白，除了肉麻用词还有好多错别字，港媒一会儿指她没文化，一会儿损她眼光差，小职员也看得上，一时间她沦为圈中笑柄以及人们茶余饭后的谈资。

据当年港媒报道，张曼玉在《阮玲玉》片场听到这个消息，当场蹲下来痛哭，甚至一周不敢外出。

Hank的出卖让她输掉了隐私和尊严，也让她对"人言可畏"四个字有了切身体会。

十多年后，导演关锦鹏在一次采访中说："其实阮玲玉是个很要脸的人，她养男人的事不想让人知道，她心里有极大的愤怒。恰巧张曼玉写给前任男友的情信，让她前任男友的女友送到香港一家周刊，全公开了。我猜她把这种愤怒带进戏中了。"

除了她个人演技的日臻完善，她与相隔半个多世纪的阮玲玉在经历上的诸多相似，也为她在这个角色上的成功大开方便之门。

最终，她把"阮玲玉"复活在了银幕上，《阮玲玉》成为了她事业上的第一个高峰。

她在拿到柏林影后、金像影后、金马影后等大奖后，也坦言这是她最满意的作品，原因是："（拍它）那段时间我很困难……"什么困难她并不多说，当然旁人都听懂了。

幸好，阮玲玉让人唏嘘的一生，不会发生在张曼玉身上。

她从为了她童年及青春期家庭完整忍到她18岁才离婚的父母身上得到启发，人哪，最重要的是开心，凡事何必委屈了自己。

她爱时全心投入，失望时亦会迅速抽离。

感情受挫之后被激发的，除去短暂痛苦，不过是她又一次的蜕变与辉煌。

五

1993年—1995年，张曼玉在飞往上海的航班中，邂逅了刚刚留学归来的地产商宋学祺。在确定恋爱关系后，她大力支持男友事业，他投资失败，她立马拿出自己的一千万积蓄投入他的公司。

因为爱情，她还曾有过息影嫁作商人妇的念头，为适应普通人的生活，她淡出了大众视野整整一年零八个月，没有拍戏。

不久宋学祺公司倒闭，她的积蓄也被掏空。为了东山再起，他另攀上一位富家千金，并公开宣称与张曼玉断绝来往。

后来，王晶以此为素材拍了电影《爱在娱乐圈的日子》，暗讽她"很傻很天真"，总是被男人骗财骗色。

为了生计，为了翻盘，她唯有再度回到她熟悉的娱乐圈。

息影近两年再复出，她并没有像别人一样接拍一些叫座的商业片以赚回人气，而是答应了陈可辛和黎明共同演绎了一部《甜蜜蜜》。

《甜蜜蜜》被誉为华语影坛最出色的爱情片之一，她本人情感丰沛的演绎，在演艺圈立下了教科书式的演技范本，金马奖给出了"从未有过如此真实而精湛的演出"的高度评价。

电影里有一个她去认尸，望着曾志伟后背的米奇文身哭泣的镜头，她的表现令人叫绝，先是不可置信地强笑了下，而后是确认后的悲痛欲绝，最后哭成泪人，也让观众揪心哀伤，忍不住想跟着她一起哭。

张国荣曾在做客《星空下的倾情》时忍不住问她，这个让人心酸不已的神来之笑是怎么做到的？

她说，心里想着难过的事。

有人曾问她，出演过的所有角色中哪个和她最像，她回答说应该是李翘。

戏里的李翘从内地来到香港打拼，十年间不断朝梦想前进，也不断错过自己爱的人。戏外的张曼玉洗尽铅华，日渐成熟……在她光彩之下，无论戏里戏外，男人似乎都成了陪衬。

六

情路那么坎坷，难过的事那么多，她也从未有一天放弃过遵从本心、追逐真爱的执念。

她说："我经历过N段感情，每一次都是很快乐的，都有美好的回忆，所以我不认为自己是感情失败者，也不觉得这一次经验就一定会影响下一次恋爱。"

1996年，她与发型师Steve一起去Sting的演唱会，新恋情被曝光，但没过几个月就因性格不合分了手。

1997年—2002年，她到法国与导演奥利维耶·阿萨亚斯合作《迷离劫》，很快坠入爱河，一年之后在法国结婚，男方将家传戒指送给了她。

她不止一次告诉媒体："我最喜欢的三个地方是我的床、大海和花园。"

可是在她拍摄《花样年华》无法离港、离多聚少的期间，另一个人分享了她的床与丈夫，法国影界甚至爆出内幕："新欢不是个女人，而是个男人！"

婚后她可以为他迁居巴黎，为他减少曝光，但绝对无法容忍感情上的背叛。为了他的前程她可以站出来微笑着"辟谣"："我们离婚，与第三者无关。"但这婚是一定要离的。

离婚后一年，她与前夫再续戏缘，合作电影《清洁》（又名《错过又如何》）。

张曼玉独自撑起了这部风格阴郁、平淡沉闷的欧陆文艺片，她在片中使用了英语、法语和粤语等多国语言，将一个摇滚歌手从愤怒乖张、自暴自弃，走向坚强自立，并最终承担起一位母亲应尽职责的心理过程刻画得入木三分，被誉为"一场几乎没有表演痕迹的表演"。

感情最落魄的年头，是她事业最芳华的时刻。

那次失败的婚姻以释然收场，她总结说："懂得适时放弃也是对自己的一种救赎，心里会有一些痛，但你会感到踏实。这就是生活的本来面貌。"

凭借《清洁》，张曼玉成了戛纳封后的首位华人女星，并获得法国巴黎市政府授予的金质奖章。

这一年她四十岁，随后她正式息影，人生进入另一个篇章。

七

她一直中意生活的本来面貌，凡事也喜"随缘"二字。

她不习惯主动，参选港姐她说是鼓起了平生第一次大勇气；面对强劲的前辈女演员也有过怯懦……她的信心是一点点磨炼出来的。当初《阮玲玉》的女主角首选是梅艳芳、《甜蜜蜜》的女主角首选是王菲，她们因各种原因没有接，于是机会到了她的手上。她的优点是，每次机会到来都会牢牢抓住，不辜负到手的任何角色。

她是个总能让人一眼看穿的女仔。

接受采访如果主持人水平烂，总提些傻问题，她便会当场吐槽。拍戏时遇矛盾了，即便对方是张国荣、梁朝伟，该吵的架也照吵不误。

她与钟楚红是多年闺密，第一部电影就同她拍的《青蛙王子》，中间因为矛盾，隔阂了几年，互相不再讲话。后来红姑息影嫁人，张曼玉继续她的影坛传奇，在叶倩文的说和下，两人才又重修旧好。被问起其中因由，张国荣帮腔说是媒体挑拨，其实是给她台阶，避免尴尬。可她不要这个台阶，坦白说除了媒体，还有她们共同的朋友眼红两人交好，于是两边传话，长久下来小矛盾就积成了大误会。在她看来，事情本来就是这个样子，事无不可对人言。

她也很擅长自我心态的调整，极少在意他人看法。

早年拿奖遭质疑，她会冲镜头爽朗一笑，坦然以对："奖在我手，随你们怎样说。"

后来不再拍戏，记者问她何故，她坦言是因为年龄的尴尬，卡在了一个演不了女儿也演不了妈妈的阶段，并笑说再待几年，倒是可以出来演祖母、外祖母。

她说她拍戏是为寻找快乐，而不是献祭。

除了看中剧本，三十岁以后，她更加看重的是合作团队，人生苦短，不希望有哪怕几个月的憾事。

四十岁以后，她对电影还有热情，但会否复出接戏，就只是随缘了。

八

"我演了二十多部电影，可还是有人说我是花瓶。请再多给我二十个机会，我一定能唱好的，好吗？"

五十岁时，她选择以歌手的身份重出江湖，舆论一片哗然，各种刺耳的声音此起彼伏，有人说她缺钱，有人说她迟暮。她没有因此退却，站在台上，大大方方回应。

20世纪八九十年代的香港一贯盛行演而优则唱，或唱而优则演。彼时人人都是三栖巨星，她同时代的女星包括王祖贤、关之琳、黎姿、刘嘉玲等都出过专辑。一来香港市场小，名气这种东西，当然要物尽其用，无论什么事，都不妨做一做。二来以当时成熟的流行音乐打造机制，足以短时间炮制出一张专辑，从选曲到制作都不必明星本人操心，唯一需要的只是"献声"而已。如此，何乐不为？

张曼玉没有卷入流行大军，她那时的兴趣在拍戏。对她来说，拍戏是快乐的，可以情倾一时、放纵自我，在虚拟的世界里多得几世生命。她在唱歌这件事上则做不到游刃有余，也就无法表达自我。

直到拍了电影《清洁》，她片中蓬头卷发、黑色皮衣、烟不离手，在为配合角色进行练歌的过程中，一度迷上了摇滚。

她会去做这件事，只因为她喜欢，从中获得了快乐。纵然她声音喑哑，气息不稳，实在没有做歌手的天赋。

旁人像煞有介事地分析她的歌手之路会多坎坷，替她忧愁，而对张曼玉本人来说，音乐也不过只是人生一站而已。

她是这样一个随缘自在，懂得生活本貌、生命本质的人。

电影不是她的全部，音乐更加不是，她的爱好还包括：美食、美景、美衣、制作、剪辑、摄影、室内设计……

当了一回歌手，实现了一桩梦想，这是件多好的事。

九

有人说，香港那么多女演员，只有张曼玉修成正果。此言不虚。

在演戏方面，她可以说是无可挑剔地做到了最好。柏林、戛纳双料影后，另有五尊金像、五尊金马在手，从影人、艺术的角度来说，成就无人出其右。

她的演技方向在于剖析展示自我，追求更加纯粹的艺术美感，也是欧洲艺术电影的路子。

她的异人之处在于，她有这个胆量去剖析自我，去面对不够完美的真实，并最终坚定自我。

从刚出道时的生涩、稚嫩、平庸，到现在的自信、从容、优雅，人人都说她把自己活成了一件行走的艺术品。

而她自己呢，则摒弃了一切物外雕琢，活在一种最自然、最真诚的状态中。

她是需要爱情的，离婚后依然恋情不断，交往过珠宝商Guillaume、德国建筑师Ole、音乐人Adrian……爱时依然全情投入，不爱便及时放手，还给彼此再爱的自由，而不会牵绊于任何一个故人。

这是她对爱情的执着与洒脱。

美人往往恐惧老去，而她或许是个异类。从小在英国长大，后在巴黎生活了十年，她吸收了西方人的一些观念，不认为非要年轻、没有皱纹才算是美，"美"要加上滋味、加上开心、加上一些别的东西，才是人生的美满。

这是她对"美"之一字的独到见解。

电影《阮玲玉》开拍时，关锦鹏问了在场两个女演员同一个问题："希不希望被人记住？"

刘嘉玲先是愣了一下，接着爽朗大笑："当然喽，希望有人提到20世纪90年代的明星时，无论数到第几个，起码有数到我。"

张曼玉则微一耸肩，说："这不重要。"

这辈子已找到了快乐，并活得足够快乐，至于其他，真的不重要。

刘嘉玲：铅华历遍，渐入佳境

她的香

. . . .

同代女星里，刘嘉玲的样貌谈不上惊艳，气质也不够"脱俗"，但她有过人的胸怀魄力，敢在风口浪尖站出来捍卫尊严，能跟一个万人迷影帝谈上二十多年的恋爱，最后还结了婚。

在她身上，你永远看不到惊慌与尴尬。

她有足够的坚忍耐力，在代代更迭的演艺圈里，少了短跑的爆发力，却是实打实的马拉松冠军。

在人生的赛道上，她是不声不响走到领奖台的人。

一

今年是刘嘉玲、梁朝伟婚姻的第十一个年头，也是他们相识的第三十一个年头。

纪念日当天她在微博上po出了一张合照，照片里的她一身红服，华贵大方，她身边的男子神态温柔，稳稳地牵着她的手。这是一张旧照，照片中的人也依旧。

关于刘嘉玲会否是一个好的恋人、好的妻子，从她和梁朝伟在1989年TVB台庆的《八卦法庭》环节，捆麻花般抱在一起登台那一刻起，便争议不断。

很多年前，看过一部电影叫《大内密探零零发》，是周星驰和刘嘉玲主演的一部喜剧电影，但当电影中的刘嘉玲面对张牙舞爪声称要抛弃她的老公，神情专注而温柔地说出"你肚子饿不饿？我去给你煮碗面"时，我看哭了。

这是一对看似没心没肺的小夫妻，但不论怎样争吵、互相嫌弃，每到即将一拍两散的危机时刻，只要妻子说出这句话，他们便会和好如初，继续鸡零狗碎的幸福生活。

看完这部电影，我立时就有了一种娶妻当娶刘嘉玲的念头。

电影还创造性地为她设置了一个最佳女主角的颁奖环节，并模仿电影节颁奖词，回放电影片段。

看过《说谎的女人》《阿飞正传》《自梳》的人都晓得，刘嘉玲做演员是有天分的，也肯努力，可惜获奖运不佳，曾有过三次接近影后桂冠的机会，三次都失落而归。

所以2011年，在第三十届香港金像奖颁奖晚会上，新晋影后刘嘉玲笑言："我已经习惯失意，今天得意了，有点不习惯。"

十五岁的大陆妹从内地来到香港，在"北姑"的奚落声里熬过来，从往昔不堪的遭遇里站起来，终于成为娱乐圈的一代御姐。

香港著名影视人文隽说，刘嘉玲的经历，绝对是一本通俗小说的最佳题材。

二

她的母亲、外公都是画家，在苏州当地很有名，但她本人不够耐性，在绘画方面难以有所成就，倒是梁朝伟颇有天分，又专门请一个英国皇室的御用画师飞来香港教他，油画、炭笔画都画得不错。

刘嘉玲的父亲是泰国华侨，年少时家人因遭泰国当局抵制，逃难返回广州读书，毕业后到苏州从事绘画工作，与志同道合的才女王馥梅结合，生下刘嘉玲与弟弟刘嘉勇，又恰巧赶上了大时代的变迁，1976年先行来到香港发展，过了两三年稳定下来，便把妻儿接去团聚。

当年刘嘉玲演《义不容情》里面的"大陆妹"倪楚君，全港爆红，报纸上说刘嘉玲之后，再没人演得了这个角色。一直觉得，她就是《义不容情》里面的倪楚君啊，有自己的原则，勇敢坚韧，够努力又够坦荡。

十七岁那年，什么都不懂的她为了能看到偶像黄日华，鼓起勇气去考TVB的艺员培训班。

负责面试的刘方刚对这个苏州小美女的外形很满意，可惜她一张口，满口乡音。好心的刘老师劝她去选美，说可以走捷径，不必讲粤语，但她那时候跟赵雅芝一样，无法接受穿着泳衣在舞台上走来走去。

第一年没被录取，刘方刚却一个电话打到了她家里，本来是好心，没想到她瞒着家里人报考艺训班的事就此曝光，从来没有打过她的父亲动手打了她一耳光。好在跟刘老师聊过天，刘父便放了心，觉得有这么好的老师，可以再去试一下。

"我请培训班的程乃根老师教我，每周三天，大声读新闻，大声唱广东歌，一定要大声，我每天录音，把声带给程老师听，他逐个音给我更正。"

凭着这样肯学习、肯吃苦的劲头，尽管她延迟了一年才进入训练班，失去了和梁朝伟同班的机会而成为他的师妹，却是当年唯一从内地到香港，仅两年便能够用粤语演戏的演员。

<h1 style="text-align:center">三</h1>

刘嘉玲顺利进入艺训班，也如愿见到了黄日华。

她实习期演的第一个龙套角色，便是1983版《射雕英雄传》里华筝的侍女，为黄日华饰演的郭靖倒酒，并笑着告诉他"华筝公主已经醒了"。这场不到一分钟的戏，她从下午三点等到第二天凌晨两点才开拍。

另一套金庸剧——梁朝伟、刘德华主演的1984版《鹿鼎记》里，她从"侍女"升格为"小老婆"。但方怡这个角色并不讨喜，爱发小脾气、戏份少不说，还背叛了韦小宝一次。在大合影的海报中，她跟戏份比她还少的吴君如一起，静静地簇拥着梁朝伟与当红的花旦，站在角落里。

到了1985年的台庆剧《杨家将》，刘嘉玲才算熬出头来。

剧中刘嘉玲饰演柴郡主，英姿飒爽，青春逼人，敢爱敢恨，还很有智慧，"绣球招亲"嫁给刘德华饰演的杨六郎。这部周润发、郑少秋、万梓良、黄日华、梁朝伟、刘德华、苗侨伟、汤镇业、郑裕玲、张曼玉、汪明荃、赵雅芝、曾华倩、周海媚等巨星云集的大片中，刘嘉玲是戏份最多且有爱情线的三个女性角色之一，还是唯一善终的一个。

在她早年长达八年的电视剧生涯中，曾参与拍摄《新扎师兄》《义不容情》《流氓大亨》《大上海风暴》等多套经典剧集，也结识了一帮好姐妹，也就是后来被黄霑冠名的"九龙女"：梅艳芳、张曼玉、邱淑贞、罗美薇、蓝洁瑛、曾华倩、吴君如、上山诗纳、刘嘉玲。

当年她们个个青春年少，一起逛街、一起蒲吧，交换女人间的小秘密，亲热到可以抱在一起睡觉，还约定"如果嫁不出去，就干脆一起住喽"。

当年风光无限的"九龙女"，后来各人的命运却大相径庭。

四

相比林青霞、王祖贤这些神清骨秀的大美人，刚出道的刘嘉玲过于青涩，对颜色搭配也没有概念，显得有点土，又因为是大陆妹，香港人一直都不待见她，她的成熟魅力要到后期才慢慢凸显。

她与许晋亨有过一段恋情。邂逅许晋亨时，她妆都没有化，穿着肥腿裤开车还爆了轮胎，或许对于看惯了浓妆美人的许公子来说，反而是个另类体验。而这样一个资产达一百二十亿港币的富家公子，乐意屈尊纤贵帮她换轮胎，笔挺的西装弄得脏兮兮，还在事后约她吃饭，展开追求，简直如小说里的爱情桥段一般浪漫。

刘嘉玲被感动了，并在交往后第二年与他私下订婚，搬去旧山顶道的住宅里同居。她天真地认为许公子会娶她，甚至还单方面对媒体宣布了婚期，最后却因出身问题，惨遭豪门抛弃。

许公子没能顶住家族压力，不得不回家娶了赌王之女，童话式的婚宴连摆三天，费用高达两千万港元。

港媒对此事大做文章，极尽讽刺揶揄，将她视为麻雀妄想飞上枝头变凤凰的笑话。

在当年的"九龙女"中，她与曾华倩、吴君如关系尤为要好。曾华倩与梁朝伟欢喜冤家式的三分三合，也是港媒八卦的热门题材。伟仔最初对刘嘉玲并无好感，甚至劝女友不要总跟着她们一起泡夜店，谁能想到后来反而他俩走到了一起。

1990年，香港言情小说家岑凯伦还以他们的故事为蓝本，写成了《还你前生债》一书。

书中男主张东尼（伟仔英文名tony）性格内向，有点忧郁，喜欢一个人听歌、看书，却颇受女孩子欢迎；女主苏玲是个由苏州到香港发展的当红女星，在男主之前与富家子亨利相恋，却被好事媒体棒打鸳鸯。男主前女友"华茜"曾是苏玲的闺密，最终断了交情。

小说以大团圆结局，男女主角走到一起，张东尼向苏玲求婚，并希望她退出娱乐圈，但因苏玲热爱演戏，两人约定两年后再结婚。

《还你前生债》出版至今，时隔二十六年，梁刘二人身处变幻莫测的娱乐圈，到今天依然坚定地在一起，并在2008年完成了终身大事，这大概连当初写小说的岑凯伦也想不到吧。

五.

她和梁朝伟刚在一起的时候，外界并不看好，大家一直认为梁朝伟会继续花心，刘嘉玲还会物色有钱人当男友，各种流言和风波从没消停过，更有梁影帝的影迷盼着他们早日分手，盼着他们的文艺男神找到匹配的灵魂伴侣，而不是刘嘉玲那种入世的花蝴蝶。

粉丝们甚至还发挥想象，说梁朝伟根本不爱刘嘉玲，是她耍尽了心机和手段，才把单纯的他拴在身边。

而事实上，在这段感情里，一直都是他更早迷恋、更加依赖她的，对此他也从不避讳。

1989年公司安排他到台湾拍侯孝贤电影《悲情城市》，他要时时与刘嘉玲煲电话粥。有一晚她去马会吃饭，不能开手机，一时联系不上，他就发了癫般以手捶墙，捶断了双手，最后不得不返回香港治疗；宣传《大魔术师》期间，主持人问他做过哪些浪漫的事情，他说会偶尔和刘嘉玲一起到海边房子的屋顶看星星；热恋期间，她在信里给他的称呼是"死人头"，而他一脸笑纳；长久以来，他都会精心设计每一份送她的礼物，提前藏好，等她像小孩子去沙滩挖宝一样，自己发现……

基本上，旁人问起刘嘉玲愿不愿意嫁他时，他每次都会表决心，说自己一定会娶她，并在黎芷珊面前自嘲，说自己求过几次婚，但都没有成功过；婚后他还会自豪地跟人说起，刘嘉玲手上的闪钻，小的是她自己买的，而大的都是他送的。

这世上爱他的女人那么多，为何独独中意刘嘉玲呢？个中因由他很早就说过。

"她很懂事，不特别迁就我，这是很难得的。我是一个大男人主义者，从来说一不二，以前的女友不敢违抗，只有她。她常会分析一些事情让我了解，她不盲从。"

与从前交往过的女孩们不同，刘嘉玲会在与他见解相悖时，平等地交流辩论，从不软语附和；在他苦闷忧郁的时候，默默陪伴，且不动声色地给予关心；在他入戏无法自拔的时候，她用她爽朗的笑声，把他拉回现实……对他来说，跟这样一个爽朗、体贴又理智的女人在一起，无论聊天还是静默，都是件很愉快的事。

六

梁影帝曾在《艺术人生》上公开表白刘嘉玲，说"她是我的保温杯"。

这是两个性格迥然不同的人，一个在电影的世界里不断钻研不断攀登，另一个则在尘世里穿梭游走，为他打点好现实的一切。

刘嘉玲也常常吐槽家里的琐事，比如电费、水费还有其他支出全都由她负责打理；每天晚上吃什么都是她一手操办，虽不会亲自下厨，但会教工人如何去做；他什么都不管，就连灯泡也不会换；要装修房子了，他说一句自己喜欢什么颜色，拎了小箱子就走，装修完再拎箱子回来……家里的一切，包括婚礼，都是她在操持。

说起这些事，她十分淡然，她说，他就是这么一个人。

这么多年了，他们互相了解，互相信任，互相扶持，可以在彼此身边做最真实的自己，而无须伪装。

他欣赏她的独立，叹服于她游刃有余的交际手腕，她也着迷于他的天才演技与成熟思想。

"要找一个人喜欢自己很容易，要找一个自己喜欢的人很难。我觉得我现在找到了。自从认识了他之后，我才对自己的工作认真和喜爱了。以前我不懂人情世故，我想我是不适合这一行，受不得气，什么都放在脸上。伟仔比较深思熟虑，如今我们是互相依赖，不过我依赖他的同时亦相当独立。"

他们的"不般配"，在某种程度上，即是一种绝配。

这份蕴含着宽容、独立与智慧的夫妻相处之道，她后来在拍《金枝玉叶》的时候传授给了袁咏仪。

多年后，她在曾华倩主持的《May姐有请》中担任嘉宾，昔日闺密畅谈旧事，她笑指曾华倩当年和梁朝伟分手是"福分"，因为他是一个"很难照顾的小朋友"。

嫌弃中带着宠溺，事实上，她才不会舍得把这个"小朋友"轻易推出去。

七

刘嘉玲的一生中曾有过三次重大坎坷，每一次，梁朝伟都陪在她的身边。

第一次发生于1990年的4月24日，她在前往苗侨伟家的路上被劫持，失踪三个多小时，其间被迫拍下裸照。

几经波折获释回到苗侨伟家，在场等候的梁朝伟只是拥抱着她，没有太多的安抚。回到家后，他才认真同她讲："这个圈子这么复杂，我们就离开吧。你想去哪里都可以。"这句话让她非常感动。

多年后她曾道出这个事故的原委："十几年前，很多江湖大哥都爱投资拍电影，有一个要我拍，我不肯拍，他们便那样惩罚我了。后来怎么摆平？免费替那帮人拍一部电影。"

电影名叫《轰天龙虎会》，演员里除了被强绑的女主刘嘉玲，还有被枪逼的男主刘德华和万梓良。他们远赴荷兰拍片，梁朝伟不放心女友孤身一人，便推了所有片约日日随行。电影的投资老板蔡子明是一名荷兰返港的商人，曾是李连杰、利智的经纪人，在两年后的一个清晨也遭黑道枪杀，只活了三十八岁。

第二次大坎坷发生在12年后，昔年裸照被《东周刊》曝光，香港演艺人在成龙和梅艳芳的带领下举行声讨大会，刘嘉玲也在闭关半个月后，在梁朝伟的鼓励下，勇敢地站出来发声。

作为受迫害的当事人，站出来需要无比大的勇气，但站出来，整个人生也就不一样了。

后来她在谈到这一段经历时说："我一直有自卑感，人家视我为大陆妹。直到那回十几年前被人胁持所拍的裸照曝光，演艺界的人都站出来支持我，我是意料不到的，我要感谢所有人，真的，我十分感动。自从那个事件之后，我才消除了大陆妹的自卑感。"

旧伤被揭是很痛的，这是命运给她的磨难，同时却也是她人生的一场翻身仗，那件事后，很多人开始夸她自强不息，是勇敢女性的代表。

第三次是她父亲去世，她担心母亲跟小侄子撑不住，一直坚强地撑着不哭，直到正在拍《色，戒》的伟仔从片场赶回来，她才安心地靠在他怀里，放声大哭。

对她来说，这个男人可能个子不够高、话也不多，平时多像海一样静默，但关键时刻，他也会像山一样可靠。这就足够了。

八

"我知道拍马也赶不上你，我慢慢追咯。"

这是凭《狄仁杰之通天帝国》第一次拿到金像奖时，她对五尊金像奖、三尊金马奖还有一尊戛纳奖在手的老公说的话，语气里豁达又从容。

其实她从来都不是个简单的花瓶，她演技一直不错，全香港最好的导演——王家卫、许鞍华、陈可辛、关锦鹏、尔冬升、徐克都愿意找她做主演，单是这一点，就已经很了不得。

有人说，比起同辈女星，刘嘉玲差就差在她身上没有"非她不可"的标签。

也不是的，她当然有她与众不同的地方。只是港媒习惯了亏她，人们也就习惯了戴着有色眼镜去看她，只看得到她的喧嚣与入世，看不到她的独特与魅力。

《阿飞正传》里俗艳率真的露露、《金枝玉叶》里热情如火的玫瑰、《无间道2》里霸气十足的Mary、《海上花》里不卑不亢的周双珠、《自梳》里烈性坚韧的玉环、《太子传说》里无悔执着的菁菁……无不带着她自身的强烈特征：风尘之中，自有性情中人。前后脚拍摄的《东成西就》和《东邪西毒》里，她饰演了两个截然相反的角色，一个极尽夸张，一个内敛丰富，她都演绎得游刃有余。

她并不输在演技，只是跟钟楚红一样，输在了得奖运气上。

1990年，刘嘉玲与TVB约满转往电影圈发展，并在当年凭《说谎的女人》里张嘉乐一角入围金像影后，对她来说是个极大的鼓励，虽最终败给了同是首次入围的张曼玉。

但这刚刚建立的信心，在第二年又受到重大打击。

《阿飞正传》大热倒灶，那时候她拿了法国南特影后返港，电影也是顶头大热，几乎所有人都认为她会拿奖，《明报》还提前找她拍了封面，颁奖嘉宾林青霞和周润发也认为影后必定是她，甚至其他四个候选人全部缺席，因此她自己也信心满满……没想到最后得奖是郑裕玲。

"那个晚上我是非常失落的，好似从天上掉下来，但也只是一个晚上。"

那时的刘嘉玲风华正茂，一点都不输张曼玉，且年轻气盛，有冲劲更有野心，如果那年金像奖给了她影后，对她的演艺生涯绝对是一个大的推动作用。

可惜没有如果，这之后她的生活重心就渐渐转移，多把演戏当玩票了。

九

电影《阮玲玉》里有一段小小的采访，被问到希不希望被人记住时，刘嘉玲说："希望当有人提到20世纪90年代的明星时，无论数到第几个，起码有数到我。"

这句话实在感人。人们擅长为天才鼓掌，向传奇致敬，却常常忽略了那些在自己的领域持续耕耘的人也值得一声尊敬。

在那个繁星璀璨的港片黄金时代，刘嘉玲的美貌或许不够耀眼，没有留下类似青霞喝酒、朱茵眨眼、祖贤穿衣、张敏回头等令人难忘的经典镜头，拼奖项她也拼不过张曼玉，她各方面条件都不算顶好，假如她早早息影，那她的名字可能真的就被藏在她所主演的电影背后，掩在梁朝伟的影帝光环里。

大概2000年之后，她同辈的女星们隐的隐、退的退，差不多都息影了，江湖上一片鲜花鲜草，正好她有阅历镇场。

这个年纪的刘嘉玲无须刻意拼搏，也不必卖弄谄笑，她全妆站在那里，笑或者不笑，举手投足都自带气场。就像她助演蔡依林MV《第三人称》时的表现一样，任对方各种表情，她岿然不动，不怒自威，凌然智慧都在颔首抬眉间，随便说一句什么，便能引人低头沉思。

这份艳丽、成熟、高贵的女王范儿，男人hold不住，女人学不来，因而徐克认定了武则天的扮演者非她不可。

《狄仁杰之通天帝国》为她摘得金像影后，《好奇害死猫》帮她拿下金鸡影后，《让子弹飞》曾刷新内地票房纪录。她近几年进军内地市场，保持热度的同时，也拍了不少好作品，迟到的奖项最终到了手。当然，这些都是锦上添花的，她已过了需要他人肯定的年纪。

除了在演艺圈风生水起，每年一部的电影或一套话剧，她还是一个精明的商人，投资餐厅、服饰、家饰、酒庄，在香港、上海、苏州等地拥有多处房产，梁朝伟欣赏地说自己不懂投资，家里的钱全部交刘嘉玲操权。

金星惊讶于她有八亿资产，她说："我不止八亿，我整个人是无价的。"

十

同年代的女神里，如今只有刘嘉玲还乐于拍戏，活跃在人前。

普通人对于明星，尤其是老牌巨星，多少会有些仰望神坛的感觉，这几年网络和真人秀节目的火热，拉近了老牌明星和观众的距离。有些人走下神坛来，发现不过尔尔。有些人，比如刘嘉玲，反而靠本真自我立起一个flag来。她内心强大，毫不造作，优雅又俏皮，言谈间另有一种历遍铅华的人间烟火气。那种矛盾感，实在太吸引人了。

湖南卫视的《我们来了》第二季里，刘嘉玲的一番发言，让人十分触动。

谢娜问她："你最想回到哪个年龄？"

她说："我还真的非常喜欢我现在这个年龄。我不喜欢我以前那个时候，因为你很彷徨，你很不确认，你很不自信。我现在这个状态，是我自己最饱满、最自信的。"

同其他女明星在一起，她或许不是最好看的，但绝对会是最镇得住场的那个，任何话题都毫无禁忌，畅所欲言。

网友调侃她素颜神似宋小宝，她一点也不生气，回应说她也很喜欢宋小宝，称他给自己带来了很多快乐；被问及老公与张曼玉的陈年绯闻，她云淡风轻，说这是一个美丽的故事；回首差点毁了她的东周刊事件，她亦从容应对，感言"当时好难过，但我为自己骄傲，因为都迈过去了"。

她以自身为例，让众人明白人生没什么困境是过不去的，只要能够过了自己的那一关。一旦跨过去，就可以回头笑。

时光对于别的女人也许是把杀猪刀，对于刘嘉玲却是试金石。它让皱纹爬上她的眉眼，可也给了她那份谁都拿不走的透彻大气。

在她身上，你能看到一种豁然开朗、渐入佳境的人生状态。

胡因梦：云深不知处，众里不再寻

她的香

· · ·

有人曾这样形容林青霞和胡因梦：

林青霞之美像国画，剑眉星目间有大幅泼墨的富贵感；

胡因梦就是小品，笔法隽永古典。

胡因梦内外合一，是写意的、自由的。

遇上槽糕的原生家庭、最毒舌的前夫李敖，

都不曾改变她对生命自由价值的追逐。

她比很特别的美女，更多一分特别。

一

徐克导演曾经说，五十年才出一个林青霞。

可是，同一时期有一个女人，跟林青霞站在一起也毫不逊色。

她就是胡因梦，曾经被称作"70年代台湾第一美女"。

网上流传的一组胡因梦与林青霞同游罗马的街拍，来自1977年，是那类"没有PS年代的美女""时尚是一个轮回"等讨论帖里的常客，让人感叹，大美人就是大美人，随便几张街拍，就跟电影画报似的。

那一年，林青霞二十三岁，胡因梦二十四岁。

她俩在意大利拍摄《人在天涯》《异乡梦》，得闲一起相约出去玩。

四十几年过去了，如今再看两位佳人衣品，时髦度一点不打折扣，就算是放在当下，也是两枚优雅十足的时尚ICON。

除了"70年代台湾第一美女"，胡因梦的身上还有无数标签。

出身名门，著名影星、作家、翻译家、才女……其中有一个标签尤为醒目——"李敖的前妻"。

四十四岁的李敖第一次见到二十六岁的胡因梦，就被她的美貌和气质惊艳到了，后来他在自己的书里描述了这第一眼的感觉："如果有一个新女性，又漂亮又漂泊，又迷人又迷茫，又优游又优秀，又伤感又性感，又不可理解又不可理喻的，一定不是别人，是胡——因——梦……"

换个通俗点的说法，在那个年代的华语演艺圈，如果有一位女明星，出身名门，绝代美貌，又才华卓越，一定不是别人，是胡因梦。

即便在风华各异的琼瑶女郎里，胡因梦也是一个特别的存在。

二

胡因梦原名"胡茵子"，听着就似民国名媛，当然，她理属名媛。

她是满族之后，瓜尔佳氏，满族正红旗，拥有这个姓氏的还有另一个美人关之琳。

父亲胡庚年，生于沈阳，清亡后改姓胡，曾任旅顺市长，1949年随国民党政府到台湾，1953年生下女儿——茵子。

说来也巧，李敖的父亲与胡父在东北时期是同僚，一同"逃"到台湾，算是世交。

李敖曾当着胡因梦的面，批评过既是伯父又是岳父的胡父，"空占其位，不谋福祉"，这是后话了。

那个年代迁到台北去的北平高官，还遗留着旧王朝的做派，茵子顺理成章进最好的传理学校，接受最优质的教育。甚至三五七岁时，她就开始接触外国电影，以至于拍国片时，常常感到剧本愚昧可笑。

但茵子所处的官宦家庭颇为奇妙。

她的父亲有渊博的学识，母亲却是热衷于在牌桌上叱咤风云的俗气妇人。

她通今古古，亦中亦西，在接受西化教育的同时，又被严格的传统思想束缚，骨子里安分又反叛、自矜又开放。

茵子十五岁那年，父亲有了外遇。

她主动提议父母离婚："再这样下去其实对双方都是煎熬，不如早散早乐，如果感情不是全部，那就是没有，何须留恋纠缠？"

"不是全部，就是没有"，这是源自她骨子里的精神洁癖，虽然是少女时期说出来的话，却也贯穿了她后来的感情经历。在感情中，她一直是个不妥协不容瑕疵的人。

三

初中时代的胡茵子被唤作"十项全能"——生得漂亮，学习刻苦，所有科目成绩都排第一。

中学毕业，她以高分考入台湾辅仁大学，亦毫无悬念成了"校花"。

除了外表出众，她还多才多艺，喜欢舞蹈、绘画，常常背着吉他唱西洋民谣，迷倒了学校里一票男同学。

她虽看起来古典文静，是乖乖女的样子，内心却住着一个叛逆的灵魂。

她敢穿着很短的迷你裙穿梭在校园里，也因为好奇而一个人骑自行车去电影院看情色电影，还交了一个外国男朋友。她在自传中写道："当时我穿超短裙、露背装，脚踩恨天高，挽着我的外国男朋友走在台湾的天桥上。路人见了，骂我有伤风化。"

大二的时候，她从辅仁大学退学，去了纽约新泽西薛顿贺尔大学攻读大众传播专业。

她离开辅仁大学时，曾有一句名言广为流传："从此辅仁大学没有春天。"

因为胡因梦把春天一起带走了。

"当时纽约中青代的西方人对性的态度已经开放到令东方人咋舌的程度，和性有关的色情杂志、电视节目、A片等唾手可及，四十二街上的阻街女郎一向公开招揽客人，情趣商店可以随时自由出入。性除了和商业挂钩之外，还渗透在文字、教育、心理学和医学之中，成为日常生活里人人谈论的话题。我这名二十岁的东方女孩就像个空降伞兵一般，直接从保守的台湾，降落到70年代的纽约。西方世界的性意识发展背景我一无所知，只是本着好奇、开放和身心的需求，在安全的范围内我经验了一年的性解放。"

这话从这个才华横溢、思想开放的大美人口里说出来，并不令人反感。

因为美丽，所以做什么都是对的。

因为叛逆，所以她的人生才拥有了那么多的可能性。

在那个自由的国度，她过得更加随性自在，也几乎完全地解放了自己的身体和心灵。

新思潮的浸润，使她大大区别于传统女性，使她融合了传统与新潮、古典与现代，才气灵气，溢于骨外。

四

二十岁时，胡茵子回到台湾，本意是做一名画家。

在一次参加画展的时候，却被导演徐进良相中，觉得她的相貌和气质非常适合当时流行的文艺片，诚邀她进入电影圈。

不久，她改名"胡茵梦"，参演了电影《云深不知处》。

处女作就做第一女主角，第二女主则是出演了《窗外》而小有名气的林青霞，可见当时电影公司对她的重视。

这部电影大获成功，不过红的不是电影，而是女主角。

　　她的外形完全符合当时大众心目中的玉女形象，她在芸芸美女中脱颖而出，盖因"玉女"到了极致，完全不必剑走偏锋。

　　随着名气日渐增加，她的名字也从"胡茵梦"改成了"胡因梦"，与林青霞、林凤娇、胡慧中并称"双林双胡、台湾四美"。

　　四年后，她凭借在《人在天涯》里的出色表演，获得第十四届金马奖最佳女配角奖，隔年又因主演《我们都是这样长大的》，被亚太影展评为"最受欢迎明星"。

　　无数男人拜倒在她的石榴裙下，视她为梦中情人。

　　电影越拍越多，胡因梦却没有感到充实与快乐。

　　自小接触外国电影的她，认为国片的剧本愚昧可笑，对白矫情、肤浅与重复，常常让她觉得难以启齿。

　　有一次，导演为了求血腥效果，屠宰了大量动物，胡因梦对此感到不解亦不满，甚至以罢工作反抗。别的女明星巴不得讨好导演、编剧，美美地顺顺利利拍完就收工，偏偏胡因梦那么有性格、有主见。

　　她的思维格局远高于当时身边的人，在人群中是不会合群及快乐的。

　　她太理想主义了，她的心灵和思想，需要一个更精彩的人来拯救。

　　那个人就是李敖。

五

胡因梦其实很早就在暗中注视着李敖。

小时候家住在信巷，离台中一中宿舍的李敖家距离很近，两人父亲又曾是同事，她听大人说了李敖不少怪事：父亲去世，在葬礼上不肯哭，也不愿依规矩行礼；为表达对母亲的敬爱，专门从台北扛了一张床，回家送给母亲；他像个斗士，不停地为民主自由发声……

清晨上学和黄昏放学的时候，她会偷偷地看看李敖的母亲，"老太太经常会穿着素净的长旗袍，头上梳着髻，手里卷着小手帕，低头从长长的沟渠旁走过……"

于她而言，李敖既是一个熟悉又陌生的世交兄长，还是她反叛青春期最崇拜的偶像。

1979年初，李敖刚从监狱出来，出版了《独白下的传统》。

已是当红影星的胡因梦用了一星期的时间，终于买到这本抢手的书，拜读之后，写了一篇《特立独行的李敖》，发表在《工商日报》副刊"女子"专栏里。

文章满是赞美，"看完全书，放心地松了一口气，李敖仍是李敖，虽然笔调和缓了一些，文字仍然犀利，仍然大快于心，仍然顽童性格，最重要的，这位步入中年的顽童还葆有一颗赤子之心……"

李敖看到此文，大喜，把文章剪下来，仔细收藏。

他后来回忆说："胡因梦为了这篇文章，遭到国民党'中央文化工作会'的警告……我听了这件事，不禁对她另眼相看。"

隔空互仰的二人，终于在共同的朋友——出版界的萧孟能的促成下初见。

六

那一年，李敖44岁，胡因梦26岁。

李敖第一次见到胡因梦，就彻底为她的美貌与气质所沦陷。

胡因梦对李敖的"第一眼"，也很意外：

"之前认定他应该是个桀骜不驯的自由派，没想到本人的气质完全是基本教义派的保守模样——白净的皮肤，中等身材，眼镜底下的眼神显得有些老实，鼻尖略带鹰钩，讲话的声音给人一种声带很短的感觉。他看到我们母女俩，很规矩地鞠了一个大躬。"

当时，胡因梦的旁边站着她的母亲，而李敖身边站着的，是他当时的女友刘会云。

他却毫不掩饰地盯着胡因梦的赤脚看。

最爱美人的李敖对胡因梦展开了热烈的追求，他邀请胡因梦一起喝咖啡，带她去家里见识自己的十万册藏书。

胡因梦当时问过李敖，他的现任女友刘会云怎么办。

李敖告诉她，自己会去跟刘会云说明白。

最后李敖跟刘会云是这样讲的："我爱你还是百分之百，但现在来了个千分之一千的，所以你得暂时避一下！"

胡因梦问李敖什么叫"暂时避一下"，李敖说："你这个人没准，说不定哪天变卦了，所以需要观望一阵子。我叫刘会云先到美国去，如果你变卦了，她还可以再回来。"

李敖的多疑和对情感的保留态度，从这个细节上就已经展现得很清楚了。

而刘会云听了这种混账话，居然还祝福了两人的婚姻，然后拿着分手费，一个人默默地去了美国。

秉承羊毛出在羊身上的原则，李敖和胡因梦妈妈商量："我已经给了刘会云二百一十万台币，您如果真爱女儿，也该拿出二百一十万台币的'相对基金'才是。"

遇到这种奇葩女婿，胡妈妈当然震怒反对。

只可惜，胡因梦不顾母亲反对，穿着睡衣半夜跑到李敖家里，第二天就结了婚，当时只有一个证婚人。

七

然而，当"旷世奇缘"遇上"柴米油盐"，故事不免落入俗套。

结婚当晚，胡因梦就气得把婚书撕了，因为她笃信占星风水，要在床的四个角钉铜板，以守住夫心，李敖却偏不信那套。

两人迥乎不同的性格，在婚后渐渐显露。

嫁给李敖还不到一星期，胡因梦就遭国民党封杀，一夜之间，从明星沦为主妇。

她曾回忆说："在我最不安、最不知何去何从时，李敖没能成为我想象中的救赎者。"

一起生活后，一开始李敖很宠她，"每天早上我一睁开眼睛，床头一定齐整地摆着一份报纸、一杯热茶和一杯热牛奶"。

许多爱情在一开始时都是浓情蜜意，恨不得爱得天翻地覆。

可日子一久，尤其是每日抵足而眠，距离产生的美感被剥夺，性情与价值观里的矛盾，就开始在安稳的小围城里烧杀抢掠。

她喜欢光着脚在屋内走，他一看到就会暴跳如雷。

她不听话了，他就会玩消失，或是躲进房间里，任她在门外哀求几个小时也无动于衷，直到她道歉才会开门。

从不下厨的她为了丈夫走进厨房，准备为他熬排骨汤，可步骤却弄错了，不知道排骨需要先化冻，他毫不留情地骂她："你这个没常识的蠢蛋！"

李敖疑心重，家有娇妻，似乎总是担心被外人勾搭了去。

一次胡因梦出门慢跑了一个小时之后，回到家李敖便很不开心地让胡因梦以后都不准去跑步，原因是他觉得胡因梦慢跑一定会和路上的男人眉来眼去。

胡因梦将之称为"绿帽恐惧症"。

八

这段婚姻只维持了三个月。

对于婚姻为何结束，李敖的解释是政治原因。

"当时她要嫁给我的时候，国民党反对。她是国民党的演员，国民党说，你怎么可以跟这个叛乱分子勾肩搭背呢？国民党就打击她，不许她参加演电影，不许她主持金马奖。一个电影明星没有电影可演，不闹情绪吗？在家里她就跟我吵架，我哪受得了女人跟我吵架，两人就杠上了，后来就拆伙了。"

对于这般说法，胡因梦笑说："这纯粹是胡说八道，因为我根本无党无派，我到现在也不属于任何政党，我对政治是最不感兴趣的，也没有什么政党可以限制得了我，所以不是那个原因。事实上我们离婚最主要的原因是性格不合，然后还有就是因为他跟萧孟能先生的那个财产侵占的官司。"

萧孟能，就是他俩共同的好友兼媒人。

在那场侵占纠纷中，李敖在胡因梦不知情的状况下利用她，侵占了萧孟能几乎所有家当。

婚后第一百一十五天，胡因梦参加了国民党幕后策动的"斗臭李敖集会"，并出庭指证李敖侵占朋友财产，令他在官司中败诉，被判入狱三年。

对于前夫，她失望至极："我过去对于他有一个过于理想化的认同，我期待他的人格伟大到一个程度，甚至可以拯救老百姓的那种。和他深处之后才发现，原来每个人都是平凡的。"

李敖曾在离婚声明中冠冕堂皇地表示，希望胡因梦过得好，"永远美丽不再哀愁"。

然而，多年前两人共同签下的这份离婚协议书，就在2017年

12月底被李敖拍卖了。

九

离婚后，李敖很喜欢吐槽胡因梦。

一次记者招待会上，记者问李敖："胡因梦那么美，对你又那么痴心，为什么你舍得离弃她？"

李敖答："我是个完美主义者。有一天，我无意间推开没有反锁的卫生间的门，见蹲在马桶上的她因为便秘满脸憋得通红，实在太不堪了。"

在场所有人哄堂大笑。

李敖还把这件事写进了自己的书里。后来，很多记者借李敖的话讥讽胡因梦，胡因梦却淡然一笑，"同一个屋檐下，是没有真正美人的"。

他还专门开了一档节目《李敖有话说》，不管什么话题，总能转到前妻胡因梦身上，变着法儿地挖苦讽刺她，说他们的离婚是"胡因梦离开了光明，一直在走火入魔"。

他甚至连前丈母娘也一同羞辱，拿出照片说她面目狰狞、行为可恶、教子无方。

面对李敖的调侃和不留情面，胡因梦倒还能在记者采访时保持风度："我其实没什么值得他骂的，他可能有种很深的恐惧在里头，我对他这种很深的恐惧也确实有一种怜悯在里面。这么多年以来，他都没有真正深层次地去面对他的恐惧。"

她觉得李敖还有很多东西没有真正地放下。

十

离婚后，胡因梦放弃了演艺工作，退出娱乐圈，到美国继续读书进修，为自己"疗伤"，并皈依佛门，学习佛法，完全投入有关"身心灵"的探究之中。

在痛苦拯救自我的过程中，她萌生了翻译并引进一些西方心理学典籍的想法。

她很忙，力作不断，几年内就翻译了多部西方心理学著作，如《古老的未来》《般若之旅》《克里希那穆提传》。

她当时翻译的书籍，至今都被李安等导演喜爱。

在这个过程中，她也重新找回了真正的自我，还动笔书写自传《生命的不可思议》，将自己童年经历、爱情故事、周遭诸多事件的缘起缘灭，以及对生命的宏观反思，都坦荡地呈现出来。

"我跟李敖的婚姻让我从愤世嫉俗慢慢转向自省。同时从过度崇拜有才华的人、对人类社会有影响的人，也转为找到自己内在的创造力。我不崇拜外在的人，我希望活出自己的价值。

"当你没有任何面子问题的时候，就什么都不怕了，也不会再去逞强好胜，或以成败来论事情。"

她的写作，大都跟占星、自修、灵性探讨有关，颇有"出世"的意味。

十一

1994年，胡因梦诞下了一个女婴，取名为"胡洁生"，彼时胡因梦四十二岁，她拒绝公开女儿父亲的姓名与身份。

对于这个女孩的亲生父亲是谁，人们众说纷纭，有人说是李敖的，也有人说是连战的……

面对流言蜚语，她的回应一如既往，淡定温和："这个事情我自己一个人负责了，跟男方没有关系，我不会去困扰他，他也不会困扰我。"

直到多年后，胡因梦才解释，孩子父亲是她的一位书迷，已有家庭，两人因探讨哲学结缘。发展下来，胡因梦发现他有逃避家庭的心理，便规劝他回自己的家庭。

当时，胡因梦已经怀孕，但她仍把那个人推回属于他的地方。

做单亲妈妈当然是不易的，但，谁让她那么理想又那么理性呢？

这是她骨子里的"离经叛道"。

她天性里有一种开放、自由和平等的精神，曾经义无反顾奔赴感情，不惜牺牲掉星光熠熠的事业；为了疗愈情伤，远走异国，皈依宗教；四十二岁成为未婚高龄产妇，在众多的质疑和非议声中淡然自处。

她很少向别人解释什么，永远随性自在。

十二

她五十岁生日的时候，李敖送了她五十朵玫瑰。时过境迁，胡因梦有感动，更多的是疑惑，然后李敖对她说："我送你五十朵玫瑰的意思是，你再美，也五十了！"

电影《色，戒》上映时，李敖直接放话："汤唯有什么好看的，我前妻胡茵梦那才叫美。"

她六十岁生日的时候，李敖通过微博为她送上生日祝福，并伤感回忆旧情：

"离婚以后二十三年，我送她五十朵玫瑰，是蓦然回首、是生日礼物。

"十年过去了，多少人非、多少物故。

"再送六十朵吗？我犹豫说不。

"花店要收件人地址，我要打听。

"辗转传来的讯息是：她有远行，人在大陆。

"我恍然一笑，欲送还休：没人看到六十朵花谢，岂非礼之大者？

"蓦然回首，众里不再寻她，云深不知处。"

李敖这个人，才华是毋庸置疑的，但这才华用来花式羞辱、叨扰前妻，多少有失风度。

如今的胡因梦，黑框眼镜，利落发型，学者模样。

无论任何时候，提及李敖，她总是淡淡一笑，一字一句都充满风度。

"多年来，他这样不断地羞辱我，对我，是一个很好的磨炼。

"真正影响我成长、促使我产生转化的，严格讲起来只有三位。这三位之中，最令我感恩的，便是李敖。"

真正放下了，便没有心结。

十三

对于现在简单的生活，她很满意，也非常珍惜。

她说，二十四五岁时照镜子，也会惊艳于自己的漂亮，为了在镜头里能更美，也曾节食减肥。

而如今，面对自己的容颜渐退，她"心有不安，但不安终已平复"。

她安然接受年华渐老，加紧工作的脚步，往返两岸，尽力去帮助那些被抑郁症折磨的人，帮助更多的心理疾病患者，越发活得慈悲平和。

这是一个真正活出了自我的女人，尽管某些事情在大众看来是离经叛道、是非主流的。

我们都说要活出真实的自我，可是有几个人敢把自己内心不为人知的一面坦露出来？她敢。

她在自传里毫不讳言自己的经历——割过双眼皮，与已婚男人交往，对内心有过的怯懦和黑暗面也毫不掩饰，真实到近乎惊世骇俗。

与完美的"假我"相比，她更愿意做真实的自我，尽管这真实显得不那么可爱，不那么尽如人意。

她曾在青春时代饱尝人生繁华，也曾历经种种欲望磨砺。

到如今，当所有女性被物化的浮夸退去后，在她的脸上，绽放的是智慧与慈悲之花——

比美貌更战无不胜，比才情更宽阔隽永。

朱茵：如果结局是你，晚一点也没有关系

她的香

· · ·

她曾在一段不成熟的爱情里陷入困局，
从纠结到困惑，从困惑到释然。
又在另一段成熟的爱情里得到救赎，
学会了开朗、豁达与包容，
成长为一个心智成熟的"大人"。
世人都沉浸在她与巨星过往的爱恨里，
她却已在平淡真实的宠爱里，
读懂了爱的真谛。

一

你喜欢朱茵吗？

这个问题，十个男人会有九个会不假思索地回答你：喜欢。

因而，朱茵顺理成章地拿到了去年虎扑第一届"古装女神"冠军。

女神，朱茵是实至名归的。

娇俏灵动，同时带几分天真烂漫的调皮是她。

身材凹凸有致、35D胸围性感十足也是她。

她饰演的黄蓉，清丽绝俗，是我最中意的。

《大话西游》里，她饰演的紫霞仙子那让人念念不忘的一眨眼，灵气十足，被奉为影坛永远的经典动作之一。是她让观众明白，美丽动人这个词，重点在"动人"。

这部在当年不被看好，后来却备受文艺青年推崇的无厘头喜剧片里，紫霞仙子痴痴看着至尊宝，甜笑眨眼的样子，足以令所有人为她沉沦。

影片结局，伴着那句"一万年"的爱情箴言，她在至尊宝的心里留下了一滴泪，在孙悟空的心里留下了一块疤，也在所有人的心里留下了一声叹息。

从此，朱茵成了永恒的紫霞仙子，成了观众心中初恋情人般难忘的银幕形象。从此，她每上访谈类节目，都绕不开这个角色，以及那位著名的前男友——周星驰。

有人理解她，说她执着单纯，旧情难忘；有人抨击她，说她年复一年地消费周星驰。

以周星驰的性格，好的、坏的、对的、错的，他是一概不理会、不解释的。

倒是导演王晶说起她，不无遗憾地说："现在的星女郎，十个也抵不上一个朱茵。"

二

世人皆知朱茵生得俏美、演技亦不错，但很少有人知道，朱茵是香港娱乐圈少有的科班出身，还是拿奖学金读书的优等生。

她的家庭温馨幸福，家里有父母和一个姐姐，作为家里的老小，她自幼受尽宠爱。喜欢看电影，就去考香港演艺学院攻读戏剧系，没有黎姿、关之琳那样的生存压力，完全是个人兴趣跟未来职业的幸运统一。

大三的时候，她被TVB发掘当了儿童节目《闪电传真机》的主持人。大四，她以毕业作品《赤脚走公园》赢得香港演艺学院最佳女主角奖。美貌与天赋并重的她，还未毕业就已入了不少导演的法眼。

当年陈嘉上偶然看到她拍的鳄鱼恤女装广告，当即邀请她出演1991年年底拍摄的《逃学威龙2》，甚至专门改剧本给她加戏。那个角色可以说是朱茵的本色演出，活泼动人、青春靓丽又娇羞可爱，毫无做作矫饰之感。

凭借在这部戏中的出色表演，她成功入围了当年的金像奖最佳新人提名，最后遗憾败于袁咏仪。

1992年，对周星驰或者朱茵来说，都是重要又难忘的一年。

1992年是"周星驰年"，这一年，香港电影票房年度前十中，周星驰主演的《审死官》《家有喜事》《鹿鼎记》《武状元苏乞儿》《鹿鼎记神龙教》独占前五。

这一年，朱茵毕了业，参演的第一部电影正式上映，更重要的是，她认识了周星驰。

坠入爱河、星路打开、声名大噪，对初出茅庐的朱茵来说，一切都很美好。

三

毕业后，朱茵与TVB正式签约，在电视剧《都市童话》中出演活泼的邻家女孩，深受观众欢迎，慢慢开始担正。

后来参演了《原振侠》，这部戏可谓美女如云：气质大方的洪欣，最美港姐李嘉欣，当年还叫王靖雯的气场强大的王菲……初出茅庐的朱茵压力之大可想而知，但她以纯真灵动的个性，加灿烂甜美的笑容，演活了那个不惜为原振侠牺牲自己的类似小郭襄的角色——云彩。

这个娇小女孩身上的光芒让人无法忽视，年尾，她顺利获得"十大最受欢迎电视艺人"奖。

出演黄蓉时，朱茵二十二岁，最好的年纪，一朵花刚开始盛放的时候——她的黄蓉扮相，蛾眉横翠、剪水双瞳、明眸善睐、粉面生春，既甜美，又令人惊艳。除了外形窈窕动人，黄蓉的古灵精怪、娇俏可人在她的眼神中自然流露，浑然天成，朱茵仿佛就是那个从书中走出来的黄蓉，又萌又灵，担得起一切溢美之词。

由于经费限制，这部剧没有红马金环，没有精致的布景与道具，可是朱茵版的黄蓉，硬是把这个粗陋的配置演绎成了经典。

当然，朱茵版的黄蓉也有受人诟病的地方——刻意模仿翁美玲的一些动作，比如爱揪小辫子等。但除此之外，美丽的容颜是朱茵自己的，灵动的情绪是朱茵自己的，明亮的双眸是朱茵自己的，娇俏的身姿也是朱茵自己的，她演出了少女的活泼灵动和女侠的临危不乱、机智自信，带着点桃花岛的傲娇。

翁美玲版的黄蓉实在太经典，翻拍是一件吃力不讨好的事，若演得完全不像阿翁，观众可能会因为不能适应角色的转变不买账，但若是刻意模仿，又可能会令翁迷反感。

当时另外一位黄蓉的候选人袁咏仪，就很聪明地辞演了。

金玉在前，又有各种压力夹攻，朱茵能扛住角色，演绎出自己的独特韵味，在大浪淘沙之后，还能为观众津津乐道，已然是成功了。

四

若说在饰演黄蓉的时候，朱茵的演技尚有小小瑕疵，那么仅时隔一年后，她在《大话西游》里饰演的紫霞仙子，演技简直可圈可点。

紫霞仙子对爱的真与痴，被她表现得淋漓尽致。

这个经典大IP后来被各种改编、翻拍，然而大家能记住的，只有朱茵版的紫霞仙子。

朱茵曾认真地说，当年并没有想到紫霞仙子会成为一代银幕经典形象，后来经常有人对她说把这部电影看了很多遍，很喜欢她的表演，她都不敢相信，觉得是有客气的成分在，因为当时的票房并不理想。

紫霞仙子之经典，今时今日已毋庸置疑，她也已成了朱茵的代名词。

无论何时看到朱茵，观众都会想到紫霞仙子，想到那滴留在至尊宝心底的眼泪、那个关于盖世英雄的梦想、那个猜中了的开头和猜不中的结局。

遗憾的是，当年《大话西游》上映后，她跟周星驰就各走走路，分道扬镳了。

分手的原因，朱茵在不同的年份有不同的说法，最开始的时候说是性格不合，几年后上《志云饭局》她自曝曾被第二任男友背叛：当时她到男友房间巡房，门敲了好久才开，一摸床还是热的，厕所无故反锁，怎么也打不开，她当场哭着走了。

她没有指名道姓，但大家都自动默认了那个怕黑、喜欢动漫、性格阴郁的前任就是周星驰。

陈志云接着问她看见其他人了没有，她说没，就是直觉。

这就是所谓的捉奸论来源。

再后来换了说辞，从《鲁豫有约》"有两三年疗伤"，到《金星秀》上"如果大家爱他的话，应该找他去问"，对于周星驰这个前任，她不再多谈，想来已经释怀了。

就是这个过程吧，有点漫长。

五

对前任，我们应该持何种态度？或许没有标准答案。

不同人的性格、处事风格不一样，在感情里的投入程度不同，受到的伤害不同，对前任的态度自然也不同。

星爷的另一位前任莫文蔚因为家庭背景，很小就跟娱乐圈接触，八岁就在亚歌赛上给当时得了亚军的张国荣献花。对于娱乐圈男女的离离合合，她早有了解，也看得开，缘分尽了就是尽了，不会耿耿于怀。

但朱茵不是，她是个认真而执着的人，从她进娱乐圈的方式就可知——上专业的戏剧学校学习表演，这在当年看来是多么异类，其实以她的条件，直接去投考TVB，半年后就能拍戏当主角了，或者去选港姐，都是成名的捷径，但她没有。

以她的条件，有心交往富豪也不困难，应该说大把人排队等候，但她从来没有，跟周星驰分手前后，都没有。

说起来，其实朱茵挺幸运的，她跟周星驰相恋的时候，刚好是"周星驰年"，他苦尽甘来，风华正茂，她把他当成"盖世英雄"，迷恋、崇拜。

周星驰也好幸运，朱茵一出道就跟他在一起，才二十岁，他见证了她最纯真最美好的时光。在周星驰之前，她只有过一段简单的感情经历，或许在她心中，真正意义上的初恋，其实是周星驰。和他在一起的时候，恰好都是两人春风得意的时期，她这样认真的人，或许早已考虑过天长地久。

但这段感情对她，和对周星驰，意义或是有所不同的。

都说星爷内心住着一个单纯的小孩，但这不妨碍他年轻的时候恋爱经历丰富，且没有空窗期。走马观花的恋爱对象，或许都不过是他内心孤独的投射，你问他最爱是谁，不如问他第二爱谁，因为他最爱的永远是他自己。

朱茵后来那么看不开、放不下，纠结又矛盾，想故作潇洒又忍不住怨怼，可能也跟周星驰同她分手后无缝对接下一任有关。所谓"直觉"成了疑团，在她的心头一直没有解开，时隔多年"作病"发作，变相地公开喊话，希望得到一个确切的答案。

说白了，就是不甘心。

毕竟，她人生的镜花水月，是被他亲手打碎的。

六

世人对朱茵有很多错觉，比如，朱茵就是紫霞、紫霞就是朱茵，再比如，朱茵是性感女神也是艳星。

朱茵这样好的身材，——比例绝佳，上围傲人，上妆后艳光四射，镜头里笑得妩媚，宛如尤物，走艳星路线好像理所当然。但熟悉她的朋友都知，她的性格是耿直又认真的，吴镇宇那句"朱茵私下比谁都穿得严实"并非恭维。

就因为某部电影，她的名字跟"艳星"挂上了钩。

"强2"是朱茵被骗拍的一部三级片，她在里面演一名女警，因为妹妹被制服控变态（马德钟饰演）杀害了，她为了帮妹妹报仇，穿上制服去诱惑变态……

比起邱淑贞主演的大火的第一部，这部电影简直连丁点儿水花都没有，朱茵的尺度也不算大，也就露了个bra，大尺度的都是可怜的女配们。

估计王晶当时请她演，就是用来当号召拉票房的。

朱茵后来在真人秀节目《偶像来了》上说当年是王晶骗她拍的，最开始跟她说是拍悬疑爱情片（原名叫《午夜屠夫》），签过合同才知是一部三级片（后改名《强奸2：制服诱惑》）。

其实她不解释也无所谓，蔡少芬、黎姿也有拍过一两部没露点的三级片，但没有人说她们是艳星。

到了朱茵这里，人们似乎就有点双标了，所以她要解释，性格认真如她，到了这个年纪，不想再有无谓的干扰。

她可以性感，但并不是真正的艳星。她身材惹火，演活泼热情的角色也最擅长，但性格其实是最传统的，更近赵雅芝、王祖贤那一卦。

七

与TVB约满后，朱茵专心往大银幕发展，但偶尔也会回老东家拍剧。

TVB时期的朱茵，显示了即便没有"紫霞"的光环加成，她也是一个美人，扛得住任何造型。

但到了《苍天有泪》时期，朱茵的颜值就过了巅峰期了。

被同剧里那个水灵白嫩的蒋勤勤一比，朱茵在肤色上就吃了亏（当然，在她25岁以前，肤色问题完全可以忽略），但比起蒋勤勤饰演的苦情萧雨凤，还是朱茵饰演的勇敢泼辣的妹妹雨娟更讨喜，跟焦恩俊的邪cp也蜜汁和谐。

这个时期的朱茵只有"黑"，还看不出"干"，到了《小宝传奇》《萧十一郎》《如来神掌》《雪山飞狐》，她开始了肉眼可见的颜值下滑、蛋白流失。

朱茵跟古天乐有个共同点，随着岁月流逝，在地心引力的作用下，人中不可逆地变长、变平（古天乐不停地物理美黑，以致肌理受损，还加快了这个过程），原本奇陡的面部构图、完美的五官轮廓跟着塌了，也就再也没有了年轻时候的惊艳之感。

但神奇的是，朱茵的衰老速度到了"袁紫衣"，不仅停止了，近几年甚至还回升了，回升到了气色不错的"沈璧君"时期。

或许，有外界因素会加速自然衰老（比如古天乐的刻意晒黑、黄海冰的刻意增肥），也就有外界因素可以减缓这种衰老。

朱茵美貌回升的原因大概如她自己所说：

"如果你照镜子的时候，发现自己越来越美了，你就是找对人了。"

八

那个对的人就是黄贯中。

"那时候有两三年的空窗期，在认识黄贯中之前我都没有男朋友，因为需要重新去爱自己、重新认识自己。"

很幸运，她等到了他。

黄贯中是beyond乐队的主音吉他手，黄家驹意外去世后，他与其他成员继续以乐队名义发表了不少其他音乐作品。beyond解散后，他除了幕前演出，也积极从事幕后制作，成立自家制作公司，并为其他歌手创作作品及监制。

他们两人的相恋经历像是一出现实版的《宠物情缘》。某天朱茵在家门口发现了一只流浪狗，看见寻狗启事后将狗送还主人，没想到狗主人正是黄贯中，"狗狗是我们很重要的红娘，如果当初它没有跑走，我不会知道他住在我的楼上"。

其实早在朱茵还在读书时，黄贯中有一次去演艺学院表演，就留意到了她。"我和朱茵拍拖14年，很多人以为我们是进入娱乐圈才认识，其实我们第一次邂逅，是我和其他乐队去她在的香港演艺学院表演。记得我第一次见到她，就和旁边的乐手说：'你看一下你四点钟方位那个女孩，好正点！'但因为我要装酷，所以没看朱茵一眼就离开了。"

后来没再见过的两人机缘巧合成了邻居，并最终结为夫妻，还生了一个可爱的女儿黄莺。

因为《大话西游》的影响，很多人都把那段"爱你一万年"的台词当作了情话经典。当被主持人问起，生活中有无听过比这句话更动人的情话时，她说："我老公跟我说，是我教会他爱的。但是你必须先爱你自己，才能给别人爱。我很感激今生遇见他，他很懂我，哪怕我的一个眼神他也能懂。"

与周星驰不同，黄贯中从不避讳在媒体前说起朱茵，也没有把感情往"地下"发展，人前拖着她的手，充当她的司机、造型师。

以艺人的身份去看，不公开私生活是种策略，但在朱茵看来，不掩藏，才是有尊严和足够的爱。否则，就是爱自己胜过爱恋人。

黄贯中当然是爱朱茵胜过爱自己。

作为摇滚歌手，他为了朱茵强忍多年戒不掉的烟瘾，只要在她面前，绝不抽烟；她喜欢吃牛排，他为她练就一手好厨艺；无论是乐队演出，还是忙于创作、加班，365天从不间断地对她说晚安。

两人相识两年多才拍拖，从好友到恋人，黄贯中一如既往，听她聊天，陪她旅行，带她做一切喜欢的事情。

朱茵怀孕时，他工作再忙也会第一时间赶回家，她心情不好，他就甘当出气筒，连周慧敏都曾赞许他"忍功了得"。

不喜欢摇滚的人，常常会有一种误解，认为黄贯中的名气没有朱茵大。

对于这一点，黄贯中毫不在意。而朱茵谈起黄贯中，也是满口的"人好""心细"和"有才华"为他点赞。

"名气如过眼云烟，花无百日红，我很早就看透了这一点。"朱茵曾在接受采访时如是说。

对于娱乐圈中浮沉多年的人而言，名气重要，实质上又没那么重要，起码与一个爱她胜过自己的男人相比，不值一提。

黄贯中曾说："知道为何我一直倒霉，做任何事情都要比常人付出更多的努力吗？因为我的'运气'全部都用在她的身上了。"

比起《大话西游》里至尊宝那段不懂珍惜、追悔莫及的经典台词，这个男人的平凡无疑更令人踏实与心动。

九

客观来讲，朱茵的感情经历并不复杂，总共两个圈内男友（18岁的初恋发生在校园），一个周星驰，一个黄贯中，她对感情的态度也都是比较专一的，爱慕才华远胜金钱。

说起黄贯中的才华，朱茵永远是崇拜的口吻，即便跟周星驰分手，多年郁结不能释怀，对周星驰的才华，她也从来都是肯定的。周星驰曾有耍大牌传言，朱茵接受《明报周刊》专访，解释他工作多、压力大，但不会无故骂人，并说这种对待电影的认真与执着值得学习，完全是一副捍卫的姿态。

这一点她倒是跟"紫霞"很像，只不过，负面的新闻总是更易传播，她为周星驰说过的很多好话，总是被忽略了。

紫霞是仙子，飞蛾扑火后成了爱人心中永远的朱砂痣，而朱茵只是个凡人，会反复、会纠结，念着他的好，也念着他的不好。

所幸，因为有了一个体贴成熟的老公、一个平凡而温馨的家庭，她内心种种矛盾戏码，都被真实的幸福抚平了。

去年在《金星秀》，再度被问起那位著名的前男友时，她已经释怀。

没有不耐烦，更没有气愤，她一脸坦诚地回应："从观众的角度出发，看见朱茵不容易，看见周星驰可能更不容易，所以看到我会去问。但其实我觉得，如果大家爱他的话，应该找他去问。"

至于被人口诛笔伐说她"消费周星驰"，其实对她不大公平。

老牌明星出现在新节目上，总要聊过去、聊经历。李嘉欣的访谈必提刘銮雄；成龙被问起感情经历，也少不了邓丽君；刘嘉玲单独上节目，还要应付有关老公前绯闻女友张曼玉的问题；朱茵有紫霞仙子这个经典角色在，不可避免就要聊到周星驰。

尤其对于朱茵这种感情经历屈指可数的女明星，周星驰又贯穿了她事业和人生最辉煌的时光，如何避？若真的闭口不谈，反而刻意了。

值得一提的是，向来对感情事不予置评的周星驰，数年后接受媒体采访时老实坦承，历任女友中，"难忘的只有朱茵一个"。

像朱茵这样的女子，大概是要穿越繁华喧嚣的烟雾后，才看得清她的美好有多难得。

十

朱茵这几年过得很幸福，从她脸上就能看得出来：衰老戛然而止。

但同时，也有遗憾吧。

她赶上了港片黄金年代的末班车，一出道就有经典问世，也因为"紫霞仙子"的光环太过耀眼，掩盖了其他角色的光芒。

在最好的年华，朱茵与紫霞这个角色相互成就。

但除了紫霞，她还是我心目中最好的蓉儿，以及目前最佳版本的沈璧君。

转型期她尝试过很多角色，《生命楂Fit人》里潦倒街头的吸毒妇女，《惊天大逃亡》里的偷渡客，《心寒》里精神分裂的家庭主妇，《逐日英雄》里的女间谍，《爱在娱乐圈的日子》里的女同……她一直在努力突破自己的演绎格局，想成为一个不靠外表的演技派。

这一努力就是二十多年。

她说过自己挑戏很重视剧本，"一定要找自己觉得好玩、有表演空间的角色"，却在20世纪90年代末，猝不及防地遭遇了电影市场、剧本等多方面的停滞和尴尬。

这个做事认真、性格传统的女孩，也曾在一段不成熟的感情里心态失衡，但最终成长、成熟，并收获了像她原生家庭那样温馨幸福的小家庭。

往事如烟，尘埃落定，眼前人即是良人。

对于认真耿直、并无多大野心欲望的朱茵来说，足以弥补过往所有的遗憾。

俞飞鸿：我不过被定义的人生

她的香

· · ·

她的身上永远散发着一种非常镇定的美。

很多人欣赏她，爱极她嘴角轻轻上扬的微笑，

仿似世事皆在她意料之中。

那份自信与通透，是一种阅世能力，

也是一种处世态度。

近知天命之年，没有结婚，没有生子，

遵从内心，过自己真正热爱的生活，

是她最有魅力的地方。

一

　　《洛神赋》描写洛神美貌的词汇："其形也，翩若惊鸿，婉若游龙。"

　　这"惊鸿"之美用在俞飞鸿身上，再合适不过了。

　　她坐在那里，就能让许知远分寸大乱，满脸潮红地说："你真的是太好看了。"

　　她不言不语，都会令窦文涛紧张莫名，幽幽然当众念起昔年为她写下的一首通俗、直白不成诗的小酸诗："你的眼睛一闪寒光，迷乱我的软弱心肠。"

　　但俞飞鸿自己倒从不以美貌自居，也从不觉得美丽是一件多么了不起的事。

　　她在采访中说："从小家里人就没夸过我漂亮，哪怕被邻居朋友夸，父母也视而不见。在我童年记忆中，父母说过的印象最深的话是，不能做一个绣花枕头稻草包。在完全无视长相的环境中长大，慢慢也就自我无视了。外人夸我漂亮，我只当是一种问候礼。其实，挺感谢父母的这种无视的，因为人如果一直觉得自己很美很媚，就会有包袱。"

她很幸运，在高知父母的引导下，早早地明白了很多人要用十几年挣扎经历换来的宝贵经验。

人生在世，相貌不过一副皮囊。

光阴如斯，过分地在意那些"给别人看的东西"是不值的，不如剔繁就简，做自己最想做、最该做的事。

二

若说漂亮，在娱乐圈，三百六十度无死角的美女哪个时代都不缺，俞飞鸿最与众不同的地方，是她那双眼睛。

那是一双穿透俗世的眼睛，蕴含着一种独特的韵味：包裹了柔情与冷漠、灼热与孤独，甚至有些许挑衅和调侃，再加上那个无法复制的招牌笑容：斜吊着嘴角，漠不经心却又意味深长，浅笑中夹带着看透红尘的点点凉意。

那是如惊鸿仙子般一切了然于心的自信的笑。

很多人喜欢俞飞鸿就是从她饰演的"惊鸿仙子"开始的。她出演《小李飞刀》的时候已经28岁了，其实在那之前，她已算是演艺圈的老人，只是熟悉她的观众并不多，《小李飞刀》可以说是她事业的第二春。

俞飞鸿的演艺生涯从童年就开始了，八岁时就拍摄了电影处女作《竹》，饰演她妈妈的崔新琴正是她大学表演班的班主任；大一、大二时，分别与著名导演张良、张元合作过；大三被好莱坞著名华裔导演王颖赏识，出演《喜福会》；毕业后与刘德华合作电影《天与地》。

在星途一片灿烂之时，她毅然决然放弃北京电影学院的教师工作，暂别演艺圈，前往美国深造语言和艺术，这一走，就是四年。

她深信，只有拥有扎实的内涵和底蕴，才能避免演艺生涯的昙花一现。

世人对美女大都心怀偏见，认为她们自带外挂，轻而易举就能拥有更优越的人生。

爱美之心人皆有之，美，在某种程度上，确实可以成为工具甚至武器，用不用全靠个人选择。但很明显，俞飞鸿从未想过做一个恃靓行凶的人，甚至她连自己的美貌和才华所获得的便利，都洒脱地舍去了。

三

20世纪90年代末回国后，她出演了金鹰奖获奖电视剧《牵手》，并成功地塑造了一个前所未有，也可以说是后无来者的第三者形象。

那个"清纯中夹杂着些许神秘、柔情中混合着些许刚毅、年轻中裹挟着些许成熟、任性中调和着些许调皮"的王纯，对爱情无比执着，关键时刻又能潇洒放手，再配上俞老师的神颜，纵然是个第三者，观众愣是没办法讨厌她。

"王纯"这个角色为她带来了一定的关注度，然而真正让她声名大噪的，还是《小李飞刀》中的"惊鸿仙子"杨艳——美丽、智慧，那回眸一笑，当真有惊鸿一瞥的感觉。

在"惊鸿仙子"之后，俞飞鸿有了更多的机会。古龙笔下的慕容秋荻、高老大，萧逸笔下的潘幼迪，每一次的扮相与演技都令人惊艳。

但她自己却非常不适应这种忙碌，认为"完全没有在创作的感觉了，只是在机械重复劳动，我必须停下来，找回创作的快感"，于是她推掉了大部分的演出邀约，把自己放空，悠闲地过日子，旅行，同朋友聊天吃饭，养猫、种花，睡到自然醒。

在别人眼里不可思议的事，在她看来都非常正常，没有人生来就必须按照一套统一的标准来过活。

她一直都有自己的节奏，想念书就去念书，想拍戏了就回来拍戏，想暂停就暂停。

"二十岁的时候渴望三十岁，三十岁的时候更能掌握自己的人生。"

这是她对一个女人三十岁的理解。

四

1996年，二十几岁的她还在美国求学，一次暑假回国休假，偶然获赠一本须兰的短篇小说集，随后在返回美国的飞机上当作消遣阅读。她发现，里面的每一个故事都让她喜爱有加，尤其其中一个故事《银杏银杏》总在她脑海里挥之不去。

2001年，三十而立的俞飞鸿做了一个决定，她要把《银杏银杏》的故事改编成电影搬上银幕，于是她找到了须兰，拿到了《银杏银杏》的电影改编权。

这部电影，前后筹备了十年。

这是一个女人十年的梦想，四千万的投资，只想圆满一个植在心底割舍不掉的情结……

她曾感言："十年也许是一个女人最美好的时光，但我不后悔献给了一部电影。我没有什么电影技术可炫耀，也不想用花哨的电影技术来竞争。我就是很老实地讲了一个前世今生的爱情故事，观众能够感动地哭就够了。"

在商业电影当道的今天，还有导演不关心商业套路，只想好好讲个故事，这样的执意和真诚，几乎算得上稀缺。

十年之后，她风里来、雨里去，"老了几岁"，最终将成片拍了出来。

然而，《爱有来生》公映后口碑不错，票房却不佳，此后俞飞鸿也没有再执导拍电影。

都说四十不惑，在最合适的年纪做了自己最想做的事，无悔于心，结果也就不必过于执着。

五

再后来，她以客串戏份出现在《男人帮》，戏份不多，台词也没几句，但她那清澈的眼神、流转的目光，加上剧中优雅迷人的扮相，都透出了成熟女人的独特风韵，给这部男人戏增添了一道让人神往的风景。

观众热情高呼：俞老师出来拍戏吧！俞老师还是可以接女一号的。

三年后，她才千呼万唤始出来，《大丈夫》《小丈夫》两部热播剧里，她先是女二，后是女一，在《小丈夫》中，跟小她9岁的杨玏上演的姐弟恋，话题性十足，备受好评。

人们将她奉为"新一代不老女神"，对此她十分淡然，外界再多赞美与标签，仿佛都与她无关。

就像她自己说的那样，从来不会去刻意营造出什么形象，个人气质里带出来的感觉，就是最真实的自己。

金星曾在节目中问她会不会怕皱纹，她说，皱纹和美丽无关，和青春有关。

简直剔透豁达。

这么多年来她也在断断续续地拍戏，对于咖位并不在意，也尝试过不那么大美女的角色。她说："如果能够一直美下去更好，衰老也接受。"

顺其自然，平常对待，这一直是俞飞鸿的人生态度。

她从不跟时间赛跑，所以，时间也就无法赢过她。

六

近年，公众十分热衷于给俞老师贴"不老"的标签，事实上，"不老"只是皮相，她真正的迷人之处，在其低调、知性与通透。

在娱乐圈里停停走走多年，她从来没有主动制造过任何话题和谈资。出道多年，唯一的绯闻是和窦文涛，不过她上《非常静距离》时就给老窦定了位，说他是闺密。

四十多岁，漂亮、有才华，业界名声极好，是演技过关的演员，也做过制片和导演——可是她没有结婚。

纵然社会的观念已经比从前开放包容，"大龄单身女性"仍是处在热点中心的群体，连一贯好涵养的林志玲都曾被媒体催婚到忍不住落泪，俞飞鸿自然也难以幸免，人们乐于在她身上强加诸多猜测与想象。

早年，面对所有质疑，她采取的态度只有一个：不理会。

但这几年行业形势变了，演员跟剧组的关系不再是杀青了就结束，出了新剧要帮忙做宣传，俞老师是个专业演员，该她做的事一件不差。

"为什么还不结婚""你还打算生小孩吗"这类问题，几乎上每一个访谈类的节目，她都会被问起。而她每一次的得体回答，也会被拿出来疯狂转发。

俞飞鸿叫人叹服的地方就在于，不管问题如何古怪刁钻，她总能轻易看穿发问者的真正意图，不被牵引，保持自我。

难得的是这种自我并非建立在对他人的攻击和伤害上，而是建立在她的良好修养和教养上。

被问起"怎么看待剩女"，她不会去批判主流群体的有色眼光，只是为女生把自己定位为"剩女"而感到无奈；被问起"为什么不结婚"，她也没有批判婚姻制度，而是淡淡地说：就是不喜欢咯，把情感和责任都放在另一个人身上，自己和对方都会很累。

四两拨千斤，却又不失真诚与智慧，让人都不好意思死皮赖脸地继续追问。

七

对她来说，一个人的生活过得十分自在享受，婚姻不是人生的必选项，所以顺其自然。

这是她一贯的人生态度，对事业、对爱情、对生活皆是如此，不肯成为别人设定的人，也不认为世俗意义上的成功对她而言有多重要。

她原是杭州大学外贸专业的校花，读了一年想学电影，就又考到了北京电影学院。

回国拍《牵手》，导演让她演女一，她分析了自己的年龄、经历、留学背景，觉得女二更适合自己，也不管是个小三还是个小四，就去争取了。

本可以趁着古装剧的热度坐稳一线，结果任性如她转身就去做幕后了。

为了圆心中的梦，为了拍《爱有来生》，前前后后忙活了差不多十年，中间经历了资方撤资、临时换演员、当地暴雨引发泥石流等重重困难，但她从没想过放弃。

她心中认定了一件事，想做便去做了，旁人可以笑她痴，值不值得却只能由她自己来评介。

许知远说她拍的《小丈夫》庸俗，她回答人的精神状况不是靠一个角色一部戏吸取的，戏之外有更多的地方在共同塑造人的精神状况，把社会现实用夸张的手法来表现，这并不庸俗。

有人指责她浪费自己的天赋和机遇，她便痛快淋漓地怼了回去：我的青春，我想怎么浪费就怎么浪费，那是我自己的人生。

旁人对她的种种褒贬和臆断，她是真的不在乎，也不需要。

对俞飞鸿来说，男人从来不是她拓宽生命维度的方式，简单一个戏中的角色也不是；生命中有太多广阔的地方，值得她去汲取养分。

因为思想独立、金句频出，人们开始亲切地称她为"著名女思想家"。

八

少年老成，是这位"著名女思想家"早年给人的难忘感觉。

"青春"这样的词，她好像一点都不沾边，大多数人认识和熟悉俞飞鸿时，她就已经是一个不可方物的大美人了。

拍《喜福会》那会儿，她还在少女的年纪，但少女感也不强，没有一些女星年轻时胶原蛋白满脸的模样，也不是偶像剧女主惹人怜爱的灰姑娘形象。

哪怕是年轻的时候，她整个人也有一种超越年龄的稳重感，显得端庄大气。

在《非常静距离》的访谈中，她的闺密形容她慢热、热衷于制作攻略、按规定行事，不确定的事情从不麻烦他人。

另一个同学刘爽在书中这样回忆，"她是我们几个女孩中最聪明的一个，做什么事情都有计划。我们忙着恋爱的时候，她却学习英语，以至于以后能用英语演戏生活；我们睡懒觉的时候，她却天天练晨功没有一次迟到，最后拿到奖学金；她说要参加1500米的跑步，我们不信，没想到她跑了下来还拿了名次；在生活中她更有原则，11点熄灯她10点半一定在床上躺着了，不像我熄灯了才慌慌张张地点着蜡烛洗漱很是狼狈。最开始是很嫉妒她的，人长得乖巧，学习又好，表演也经常得到表扬，不过最后是由衷地佩服了"。

她就是这样一个外表看上去很安静的女人，但工作、生活中又极有主见，不过度妆饰，永远是一头顺滑的披肩长发，简单鲜活却自带气场。

永远不慌不忙，声音不高不低，语速不快不慢，不会被任何人的思维模式拐跑，总能找到自己的立场和方向。

想给俞飞鸿洗脑？连清高出世的知识分子许知远和圆滑入世的"妇女之友"窦文涛都落荒而逃。

九

许知远曾评价她"身上充满了某种平衡的秩序感，每方面都充满秩序"，无法轻易被打破。此话不假，但同时俞老师又是活得自在随性的，她说她就喜欢"随意浪费自己的时间，随意消耗自己的青春。我想怎么浪费就怎么浪费，因为那是我的人生"，这看似跟她周身呈现出来的"秩序感"是矛盾的，实则不然。

在她的字典里，"工作"和"生活"是两个泾渭分明的词。工作时，不问输赢，只求心安；生活中，不论得失，只愿舒服。

她不过是一个选择了演员职业的普通人。

在银幕上可以做到光彩照人，离开了银幕，却希望是受到的关注越少越好。

在所谓"断舍离"概念还没流行起来之时，她已然过上了由内而外的极简生活。

有一次拍宣传写真，有摄影师建议说："飞鸿姐，咱们要不要来一个非常狂野的造型，让别人看了觉得眼前一亮，看到不一样的你？"

俞飞鸿抿嘴一笑："非常感谢你，但是不用了。"

她说，她不需要向任何人证明，她是可以狂野的，也不想知道，自己还可以成什么样子。

她说她已经找到了此生最舒服的方式，足够了。

十

"人生到处知何似，应似飞鸿踏雪泥"，苏东坡的这两句诗，是俞老师名字的来源。

或许，也刚好可以解读她的人生态度，翩若惊鸿而来，却只是轻描淡写地走一遭。

有一句俗透了的话，但也是最真诚的：

所有的成功，真的只有一种，就是用自己喜欢的方式，过一生。

俞飞鸿的八岁，十六岁，二十八岁，三十三岁，四十岁，四十七岁，都在我行我路。

她活得太通透了，太知道自己是谁，知道自己的局限性，知道自己走在哪里，因而能做到如此从容不迫。

这份对生活的通透和领悟，对一个女人来说，远比挽留逐年流失的胶原蛋白重要得多。

有时候，人的"强悍"之处，并不在于去影响世界，而在于看透。看得透世间事、世间人，也看得透自己，如此，方能历繁华而不被繁华所误。

叶童：室雅何须大，有麝自然香

她的香

· · ·

她是香港20世纪80年代公认的美人，拍惯了女人的王晶形容起她来用的是："眼角眉梢，皆是风情"。

到了90年代，却成了大陆家喻户晓的俊书生。

哥哥曾说，他最中意叶童，天才来着。

谈起旧时辉煌，她笑笑说，那都已经过去很久了，

若是哥哥还在，或许也不会这么说了。

简明磊落、不蔓不枝，好一个女中君子。

一

很多人说刘诗诗长得像叶童，潜台词大概是说刘诗诗长得寡淡、不怎么靓丽。

事实上两人一点都不像，从出道到现在、从外到内都不像。除了刘诗诗的道姑造型和叶童的许仙扮相有种相似的俊俏，咧开嘴笑的时候都有种憨态。

说两人相似的，大抵是不曾真正了解过叶童吧。

刘诗诗的形象一向主打恬淡温婉，但叶童不同，叶童太多变了。

叶童的脸型五官不算惊艳，但可塑性超强，大家闺秀、小家碧玉、良家妇女、风流浪女，古装、时装，悲剧、喜剧，到了她手里，都能演出彩。

她是第一个拿到金像奖双影后的演员，前后三次拿到金像奖，纵观香港20世纪八九十年代，除了张曼玉，还有谁的影后头衔比叶童多？

在那档古早的香港深夜成人访谈节目《今夜不设防》里，张国荣被问起合作过的女演员里最喜欢谁，他说最中意叶童，称她是为娱乐圈而生的天赋型选手，如将来有机会当导演，第一部戏的女主角一定会找叶童。

张国荣的这段中肯之语，多年来一直被各大采访叶童的节目用来做噱头。

不过，去年她做客《金星秀》，又被提及当年哥哥对她的盛赞时，她这样回答："哥哥走了那么多年，其实我不想再沾他的光。这一段话是他很久之前说的，如果他现在还在世的话，我想他可能不会这么认为。"

当时看到这一段，可能不少观众和我一样，被震惊了，但同时我不觉在心中为她叫好。

众所周知，张国荣名头够大，是娱乐圈的传奇，加上巨星已逝，免不了被有心人过度消费，三天两头被八竿子打不着的人强行关联，博取关注度。

相比之下，作为出道第一部戏就跟哥哥合作并深受其赞赏的人，叶童却能够公然如此说，实在是够通透磊落。

<h2 style="text-align:center">二</h2>

这位磊落的女子原名李思思，叶童是后取的艺名。

女艺人入行改名的并不少见，如果说原名是父母给的、没得选择，那么艺名的选择，则往往能窥见其个性甚至人生——关家慧文静平常、不露锋芒，叫关之琳就娇媚得多；林立慧贤淑内敛，叫人联想到怀抱着书本、规矩上课的女高中生，改名舒淇，念来便有软绵风情；胡茵子像个长辈膝下听话的小丫头，胡因梦则充满了旖旎，自由……

李思思，听着也应该是个千娇百媚的娇憨女子，改名叶童，就青白分明、磊落直率，同她本人风格一致。她是竹一般的女子，俊朗修长，舒展大方，似骨子里住了一个身骑白马的坦荡侠士，在一众千娇百媚里，美得独树一帜，叫人不容忽视。

因而，陈国熹能在一百多个女学生中，一眼相中了她。

当年叶童才十七岁，还是个学生，从未发过明星梦，只因身材高挑、气质独特，被人硬拉去充数面试一个地铁广告。因为面试人多，她被挤在了最后，但导演陈国熹仍注意到了这个几乎在他视线之外的女孩，钦点她为广告女主角。

叶童那时对这个导演没什么感觉，只觉得他真的很烦，一个镜头NG那么多次，害她太晚回家。

多年后，已成为她老公的陈国熹说起那段往事，仍会感慨："当时看到她就有一种异样的感觉，只是没想到最终会把她娶回家。命中注定啊！"

叶童听完后开心大笑，问："你要是早知道我会是你太太，是不是能少NG几次啊！"

那支广告让叶童尝到了赚快钱的甜头以及出名的愉悦感。

20世纪80年代初，香港像她这么高挑且气质独特的女孩并不多见，一双长腿走天下也不是不可能的。

但她明白，模特终究是青春饭。

在陈国熹的帮助下，她开始试着由模特圈转战大银幕。

三

很快，叶童被新浪潮电影导演谭家明看中，参加了第一部影片《烈火青春》的拍摄，初出道即以大胆豪放、充满美感的演出，获提名第二届香港电影金像奖最佳新人奖。后来常被拿来与她比较的张曼玉，在一年后的1983年才参加港姐选美。

1983年，叶童参演新艺城的电影《阴阳错》，初出茅庐的张曼玉竞争戏中另一女主角，以失败告终。

同一年，叶童接受新晋导演张坚庭的邀请，出演喜剧电影《表错七日情》，扮演小娇妻杨耐冬，获得香港电影金像奖最佳女主角，那也是邵氏第一部票房过千万的电影。

而彼时的张曼玉还在TVB拍长剧求出头，直到七年后方登影后宝座。

从1982年第一部影片开始，和她饰演对手戏的男演员，大多是香港影坛标志性的人物：张国荣、周润发、成龙、梁家辉、任达华、钟镇涛、秦祥林、吕良伟……

用现在的话来说，叶童可谓名副其实的"男神收割机"。

更难得的是，每一个跟她合作过的男神说起叶童的演技来，都赞赏有加。

先有张国荣拟邀其出演自己的导演处女作，后有王晶大赞她"眉梢眼角天生性感"。

连周润发也曾说："有一位女星，是我很欣赏的，她演感情戏已到炉火纯青之境。她不同于张艾嘉，张艾嘉是演得有神采，她是演得生活化，完全像现实生活中自然流露的真情，我跟她演对手戏，有种触电的感觉，像股暖流在心底横过，她就是叶童。"

坊间流传着一句话：周润发在香港红了二十年，叶童做了见证，叶童是看着周润发一步步成为传奇的。

发哥人生第一次拿金像影帝是和叶童合作，巧合的是，他告别香港影坛远赴好莱坞发展前最后一部作品《和平饭店》，女主也是叶童。

《和平饭店》最先定的女主是梅艳芳，剧本也是以她为蓝本写的，后来她辞演，才换的叶童。

叶童饰演的风尘女郎邵小曼，一颦一笑，眼角眉梢都是风情，令人难忘。

四

二十八岁拿下三座金像奖，叶童在香港电影界的地位，除了张曼玉，再无其他人可比。

曾与两位影后合作过的导演关锦鹏就曾唏嘘道："她只是比张曼玉早了半代，时机不对——这就是命。"

张曼玉赶上了香港电影"走出去"最辉煌的时候，后来被法国导演阿塞亚斯看到，找她去演《迷离劫》，走上国际；只差这半代，叶童的几套经典之作就没机会被摆到国际舞台。

1989年—1993年，叶童的光芒，在香港算得上是绝对的璀璨，但1995年后就开始慢慢黯淡了，原因很简单，比起票房，她更看重的是角色本身，以及给喜欢她的观众呈现好的角色。

如果只是为了演好片子，她当年根本不缺，但那不是她的选择。

有好的片子，不一定有她中意的角色，而且已经演过的角色类型，她不想演第二次。

所以她说："那时一部武侠片成功，大家就一窝蜂去拍武侠片，黑道片成功，就一窝蜂去拍黑道片。我已经演过，而且很成功，我不想再演。我想找到有新意的，但是很难很难，令我好失望。"

武侠片，她出演过许冠杰主演的那部经典的《笑傲江湖》，第二部找她再演小师妹，她想都没想就拒绝了。第一部获得巨大的成功，第二部大概率会火、会卖座——这道理人人都懂，但这不是她考虑的重点。

对她来说，正是因为第一部很成功，所以她才找不到理由继续再演。为何还要重复去演一个已经很成功的角色？这就是她拒绝的原因。

黑道片，她和吕良伟主演的《跛豪》是香港黑道片的经典之作，后来合作的《岁月风云之上海皇帝》也是备受好评。这两部片让她黑帮大佬的女人的形象深入人心，所以亦没必要再演。

在她出道最辉煌的那十几年，她放出话一年就拍两三部电影，无论谁来找，她不拍就是不拍。因为她不喜欢轧戏，不喜欢接不想演的角色。

另外，她也说过自己不喜欢宣传，觉得一个演员演好自己的角色就已经是完成了分内工作了。

为此，在香港电影圈她给人的感觉是很不好对付，那时也颇得罪了一些人。

五.

当初《新龙门客栈》本来是要叶童去演的，可她已经接下了《新白娘子传奇》，档期不合适，最后才换了张曼玉。

当年，台湾导演夏祖辉看了她在《碧海情天》里的男装扮相，发出邀请，希望她在一部合拍片里反串男角"许仙"，她只觉得歌仔戏形式很新颖，反串出演也是一个尝试，抱着玩趣的心态接了下来。这部片就是《新白娘子传奇》。

令她没有想到的是，这样一部电视剧竟能引起如此大的轰动，1992年在台湾首播，创下收视最高纪录，第二年引进内地，亦成为年度收视冠军；为她打开了内地市场之余，甚至超过了那些让她封后的角色，成了观众心目中不可替代的代表作。

多年后，她每返内地，无论观众还是媒体必提《新白娘子传奇》，有次她忍不住反问："为什么你只记得许仙？"

许仙这个角色，导演原本是想找个男的来演，可找了好多人试镜，都找不到那种温文儒雅又略带迂腐的书生的感觉，就想是否可以让女演员来演，错过了林青霞，最后找到了叶童。

在这部戏里，赵雅芝版的白娘子被封为"古装第一美女"；陈美琪版的小青伶俐而重情重义，非常有观众缘；而叶童反串的许仙曾让金钟奖组委会犯了难，不知道该给她颁发最佳女主角还是男主角，结果只能作罢。

《新白娘子传奇》之后，她和赵雅芝又搭档一连主演了《帝女花》《状元花》《孽海花》三套剧集，还都是反串出演。

在某种意义上，这一步棋，进一步限制了她的发展。

"许仙"成为叶童难以撕掉的标签，宿命般成为她演艺事业的分水岭。

电视圈和电影圈是两个江湖，在那个年代，电视剧演员可能会铆足了劲儿往电影圈里挤，但一个电影红咖竟然自降身价跑去拍电视剧，真是鲜见。要知道，张曼玉在1985年之后再没接过电视剧。

两人几乎同时期出道，但叶童拿影后早张曼玉很多年。

叶童拍电影时，张曼玉还在拍电视剧；张曼玉拿奖拿到奖杯搁厕所时，叶童却在演电视剧。

真可谓人生如戏。

六

她是20世纪80年代香港公认的风情美人，90年代却在内地成了家喻户晓的俊书生。

她是当之无愧的花旦中的花旦，但在演艺圈的存在更似青衣派，低调稳重，戏味韵长，从来恃才而非貌。

她的性感可以不涉及袒胸露背，不涉及露骨的言语或风骚姿态，但年轻时候骨子里透出的风情万种，不逊红姑，那是一种感性的性感、随性的舒服，充满了个性与灵气。

女明星大多不容易快乐，尤其是大美人们，叶童的聪明之处，就在她从不把自己当美人。

对她来说，拍戏就是一份工作，即便岁月不饶人，年过半百的她也能安心地在内地剧中出演长辈的角色。

叶童的头衔很多，观众叫她百变影后，行内人叫她老行尊，行事也如男儿般率性磊落。

有舒服光鲜的模特儿不当，偏要吃演员的苦；大银幕混得好好的，偏要转战电视圈；明明是美女一枚，却爱演英俊小生。

按成就和资历来说，她应是香港影坛数一数二演技级别的女演员，却没有因此得到更多更大的舞台，实属憾事。

旁人替她惋惜，说是时机不对，她却自我剖析直言道："我想可能我这个人就是因为想得不够多、想得不够远、想得不够周全，才会造成今天的我。"言语间没有太多遗憾。

提及张曼玉，她也大方表示赞赏，说张曼玉的条件很好，能获得那么高的成就，是她的造化；而自己比较随心随意，所以无法成为张曼玉。

七

她以好戏闻名香港，同样闻名的还有她的淡泊名利。

天赋好、起点高、运势佳的她，活得太低调了，就算当年揽下金像奖双料影后红极一时，港媒也没拍到什么花边新闻，只好乱编一通她跟红姑的同性绯闻，博个头条。

十七岁与陈国熹恋爱，八年后戴着影后光环早早结婚，"我本来没想过要结婚的，觉得两个人在一起开心就很好了。我不想因为自己是女人的身份就一定要男人娶，不过当时觉得他愿意为这段感情负责，挺好的"。

某次访谈中，在黄霑和郑裕玲的夹攻逼问之下，她承认陈国熹即是初恋。

一位优秀的女演员，在历经过诸多繁华绚丽后，能够始终与最初相遇的男人相守，是十分可贵，也十分浪漫的。

在叶童眼里，老公是唯一一个一直陪伴她走到今天的人，也是老公给了她心灵上的"重生"。

她说，没有他，就没有今天的叶童。

早年的叶童性格较为内向，沉默寡言，在圈中也没有闺密，更不喜欢与人打交道："小时候就不被鼓励发表意见，所以一直也不会表达自己，另外觉得讲少错少。我可以全天不跟人说话，拍戏也是自己坐在一边。"

她甚至还会拒绝粉丝要签名，拒人千里的行为一度被认为"嚣张"。

后来能以大方得体的女神形象示人，叶童表示原因有两个：

一是她目睹了发哥的为人处世，得到启发："我很怕跟人互动，但慢慢发现有更好的方式表达，例如见到发哥那么亲民，我就明白友好一点可以令人舒服好多，为什么要拒人于千里呢？"

二是老公的陪伴、鼓励，带她进电影圈，教她演戏，令她接触好多不同的朋友，在这个过程中，她的性格也在慢慢改变。

八

叶童与老公陈国熹虽然都是圈里人，但一起共事的机会不过三四次。叶童拍戏，老公从不去探班，怕"骚扰"她工作；老公工作时，她也是如此，因而在朋友间得了一个探班绝缘体的"美名"。

其实形成此默契，盖因他们两夫妇之间有四字箴言：珍惜信任。

多年婚姻最大的一次风波源于一家杂志报道，说是陈国熹跟梅艳芳的助理Marianne密会，而此时叶童正在四川拍戏。

听到这个消息，她第一反应是气愤、委屈，可还没等到先发质问，老公的电话就来了，把事情的来龙去脉解释给她听。想到自己跟Marianne也是相熟的朋友，平日里都以"三叔""三婶"称呼他们夫妇，犹如一家人，出轨？真是捕风捉影的事。

她很快便气消，面对记者的追问时，甚至开玩笑说："我想一定是因为过年时在家里插了一大瓶的桃花，都是桃花惹的祸吧！"

这句话听上去是在自我安慰，但其实多年来两人一直是共同进步，互相扶持，任何风波经历都是一起面对，只是感情事，讲多错多，不必为了向外人交代而苦苦解释罢了。

何况比起永结同心的山盟海誓，人性的弱点却是实实在在的，作为演员，这一点她更加明白。她曾坦承："有时在外地工作几个月，尤其是冰天雪地的地方，你特别希望有个人可以照顾你，有时会觉得就和男主角……当诱惑到这个界点时好危险。"

谁都有过寂寞与无助的时刻，脆弱寒冷的时候也会渴望在某个人身上得到一丝温暖、一点温存……这种感觉，大概很多演员都恍然有过。有些人身陷其中无法自拔乃至假戏成真，而对另一些有所珍惜有所顾念的人而言，这些念头不过是转瞬即逝。叶童毫不避讳自己也有过这样的时刻，甚至在偶尔"把持不住"的时候她会和老公倾诉："我相信他会明白，我觉得他能够给我一个空间让我自己去调整。"

所以被问到如何经营婚姻时，她如是回答：给予彼此空间，给予彼此信任。

她信任他，如同他对她的信任。这看似"哑忍"的背后，蕴藏的是彼此间相处多年的智慧与宽容。

九

李碧华曾说，如果用一句话来形容叶童，那就是"室雅何须大，有麝自然香"。

在同时期的女明星中，叶童的性格实属难得，她总是活得如此洒脱，却又自带一种独特的气质。

作为一个影后，可以说，她在事业上是成功的。

作为一个妻子，可以说，她在爱情上也是成功的。

有人说叶童此生唯一的遗憾是没有孩子。

某次在综艺节目中，被问到孩子的问题，她的回答十分睿智。她说，她有两个孩子，一个来自尼泊尔，一个来自斯里兰卡。

"领养小朋友不是当作替代品的心理，只是希望可以尽到自己一点力去帮助别人。即使这个孩子不是自己所生，但见到他们寄给我的贺卡和画画，就好满足、好开心。"

叶童的善心是娱乐圈公认的，在她看来，领养绝对不是一时兴起，而是长久的责任。

入行三十多年，无是非、无结怨、无丑闻，朋友多、口碑好，娱乐圈的纷纷扰扰都在她的磊落行事、爽朗大笑间灰飞烟灭。

岁月的确不饶人，但也没有亏待过她，她身上妩媚独立的女人味，与成熟智慧缔造的高品生活，多少女人一生难求——

进则光鲜亮丽，与老公十指紧扣出席老爷车展、温拿演唱会；退则悠闲自在，旅游、看书、遛狗逗猫，或与红姑、嘉玲等一众姐妹在下午茶聊八卦。

回到最初的话题，今日张国荣若还在世，想来，对她的欣赏应该不输当年半分吧。

陈美琪：小青不是个没故事的女同学

她的香

· · ·

她曾有过一个不幸的童年，孤儿院长大，孤单无依。

也曾有过一段丑闻闹到全港尽知的婚姻，虚耗七年，一无所获。

而立之年，江湖复出，却多了一枚"才女"标签。

她的前半生告诉我们，求知、上进是个好习惯，

一个女子若不放弃自己，

一切坎坷与低微皆不是阻碍。

一

问世间最美丽的蛇妖形象是谁，那无疑是青蛇和白蛇了。

青白两蛇的传说古来有之，冯梦龙小说集《警世通言》中载：

南宋年间，绍兴地有一千年修炼的蛇妖化作美丽女子叫白素贞，与其侍女青青在杭州西湖与药店主管许仙邂逅，同舟避雨，一见钟情，白蛇遂生欲念，欲与书生缠绵，乃嫁与他。遂结为夫妻。婚后，经历诸多是非，白娘子屡现怪异，许不能堪。镇江金山寺高僧法海赠许一钵盂，令罩其妻。二人被钵盂罩后，显露原形。法海遂携钵盂，置雷峰寺前，令人于其上砌成七级宝塔，名曰雷峰，永镇白、青于塔中。

曾有一个女演员，她既演过白蛇又演过青蛇，她是陈美琪。

白蛇名素素，千年道行，容颜不老，喜穿白衣，美艳绝伦，却占有欲强，为了独占书生宁丹与他厮守，不惜设计离间自家妹妹；青蛇名小青，聪明伶俐，爱憎分明，男装潇洒，女装可爱，事事以姐姐为先，前半生守护姐姐，后半生庇佑仕林。

两个角色性格完全不同，但都经受过一场坎坷情灾，素素与宁丹离心离德，小青与张公子有缘无分。

无论她饰演的青蛇还是白蛇，都没能在剧中收获一段完满的爱情与平实的幸福。

而现实生活中，陈美琪前半生的感情经历比她剧中角色还要坎坷、无奈。

又毕竟人非妖，没有千年、百年好活，遇上一场伤心事，就势必要烙下一个印子，折去一生中几分之一的快活时光。

二

陈美琪是个苦出身，年纪很小就出来闯社会。

十六岁考入TVB的艺员培训班，一边读书，一边学表演，其间陆续拍过几部电影，1978年从训练班结业，就正式开始了她的演艺生涯。

同年出演了第一部一百一十六集的长剧《强人》，搭档的是刚刚开始走红的发哥周润发，两人在剧中饰演一对爱得死去活来的情侣；第二年出演九十集长剧《抉择》，带她入戏的是"四大花旦"之二的李司棋、黄淑仪。

本应趁着公司的力捧在荧幕上有一番作为，但一个男人的出现改变了她的命运。

富商马清伟对陈美琪一见倾心，展开了热烈攻势。

生命中第一次遇到一个对自己如此体贴、照顾的男人，陈美琪深受感动，很快沦陷。

她的童年是不快乐的，生长在贫穷又多兄弟姐妹的家庭，两岁时被妈妈送去尼姑庵寄养，七八岁才被领回家，跟家人关系很淡，即相书上所说的亲缘单薄。因为性格倔强，她很快又被送进了孤儿院。

从小就备尝孤单滋味的陈美琪，很渴望能尽早拥有一个属于自己的温暖的家。

于是在正式出道的第二年，二十一岁、青春正好的陈美琪嫁给了二十五岁风华正茂的马清伟，并逐渐淡出了娱乐圈，做起了全职太太。

三

马清伟是什么来头呢？

他乃是香港20世纪60年代五大富豪之一马锦灿的长子，马家拥有香港大生银行与大生地产，马清伟当年在香港的地位，有点儿像如今的王思聪。

所以陈美琪在世俗人的眼中，是真的嫁得好，相当于一无所有的灰姑娘嫁给了王子，是众人艳羡的对象。因为在那个时代，女明星能嫁入豪门是顶好的选择。

婚后两人也有过蜜月期，可惜马清伟花名在外，风流韵事不断。

陈美琪出身苦，极能受委屈，且极为上进，虽嫁入豪门，却并不安心做一个只会逛街喝咖啡、游手好闲的阔太。

她早年没条件继续读书，生活稳定后就靠着自己的努力，考入了澳门大学，隔三岔五要到澳门去进修。

也就是在她求学若渴的这段时间，家里开始变了天。

用人告诉她，当她周五到澳门上课时，半夜四点就会有别的女人来马家。有一日，她发现自己的拖鞋无端出现在客房，床上还遗留有女人的头发，这让她确信老公出轨了。

"我最伤心的不是失去这个男人，而是流产，那时候我刚怀孕，但是经常有人打电话来骚扰我。"

怀孕期间不停接到骚扰电话，后来她搬去跟妈妈住，但是骚扰电话还是没停止，她还因此动到胎气，被送到医院住了二十天，仍没有保住胎儿。

这段婚姻最终走向破裂。

后来马清伟与艺人薛芷伦结婚，但第二段婚姻最终仍是离婚收场。

四

离婚后，陈美琪继续她的求学之路，在第二年拿到了澳门东亚大学工商管理的硕士学位。

并于恢复单身的当年，重回阔别八年之久的TVB。

但在更新换代迅速的娱乐圈，出道一年就隐退，时隔多年再复出，难度之大可以想象。何况此时，她已经三十岁，许多角色也不再考虑她。

名气不够，又不再是青春无敌的年龄，她只能接演配角，《绝代双骄》里冷傲如霜的移花宫主、《连城诀》里人淡如菊的凌霜华、《方世玉与乾隆皇》的苗翠花……即便是配角，她也全心投入，把握住每一次工作机会。

"当演员有一个好处，人家活一辈子，你活了好多辈子。

"你可以做一个很久以前的人，也可以做一个未来的人。"

这个时候，精通五国语言的陈美琪在演艺圈已有"才女"之名，文字功底也不错，《绝代双骄》的插曲《情丝牵我心》、《连城诀》的插曲《菊花泪》都是她填的词。

她有能力、有学识，不做演员也能养活自己。继续演戏，是她的一种选择，理由是：她不要过刻板的日子。如果不演戏，今年和去年，每一年的生活都差不多；如果有戏拍，生活就会有一点点不一样。

在她看来，人一生都应在进修中，看不一样的明天，做更好一点的自己，没有终结。

曾经脑筋不清，乱花迷眼，太急于弥补童年的缺失，没有过多考虑就草率地走进了婚姻。

幸好那些年她从未停止过求学上进的心，也不缺坚忍执着的毅力，不断有新鲜的养分来丰富内里，从而在几次两难之际，做出正确抉择。

当年她前夫虽花心，却并没有离婚的打算，东窗事发后，还给她做了保证，说以后不再犯浑，但陈美琪见他态度并不诚恳，想来将来也不会真正悔改，于是坚定地离了婚。

复出后在TVB熬了几年配角，反响都不错，这时台湾那边抛来橄榄枝，邀请她出演《厦门新娘》女一号，而《新白娘子传奇》剧组同期也发出了邀请。一个是女主，一个是女配，她跟经纪人再三衡量后，选择了后者，一个更加精良的制作班底。

后来《新白娘子传奇》成为无数人的童年回忆，暑假连年霸屏的存在。

"小青"这一角色，也让陈美琪在内地走红。红到什么程度呢？她在接受采访时说，至今走在大街上都会有大妈突然上前捏她一下，惊呼是"真的"。

可以说，除了年少时那次草率的婚姻，后来她在人生的每个关口，几乎都做了对的选择，因为过往的伤痛以及多年的自我充实，早已让她建立了清醒的自我认知。

这样一个有学识、有眼光、有品貌的好女人，前夫不知珍惜，错过了她，那是他的损失。

经年后，她终是遇上了一个真正懂得她、欣赏她、珍视她的好男人。

五.

与第二任丈夫忻尚永的结缘，也是颇为奇妙。

其实两人早就有过一面之缘。

忻尚永跟马清伟是朋友，都是富豪圈儿的，偶有来往，但不算熟。当年，忻尚永受邀到马家看碟，开门的是陈美琪。这个手里拿着一本没看完的川端康成的书的女子，给他留下了奇特的印象，但当时并没有进一步地接触。

直到十几年后，各自单身的两人在一个六百多人的聚会上重逢。

那是香港演艺人协会的周年晚宴，忻尚永刚从美国飞回香港，去见他在嘉禾工作时的旧友。到了会场，成龙大哥热情地招呼他坐在唯一的一张空位上，中间他离座去交际，再回来发现旁边多了一个女子，而且他还认识。不过陈美琪对他已经没有什么印象了。

之后就是尬聊，一餐饭下来，一两个小时，似乎隐约聊出了默契。

再后来，做电脑生意的忻尚永主动上门，教当时对电脑很感兴趣的陈美琪学电脑。按他的计划，再怎么着也不可能一次教会的，那么就必定有第二三四次……事实上，直到现在也没教会……

十几年的空窗期，美琪身边不缺追求者，缺的是这么有恒心毅力、说话风趣、有脑子还很自信的男子。

　　一般人约她几次不出去，也就算了，但这人不会。不单不会，还会从她的朋友入手，和谁都能聊得来。两人还没正式确定关系的时候，她身边的人已经成功被他"洗脑"："这是你男朋友诶？人不错嘛！"

　　观望了半年，两人就正式结婚了。

　　用忻先生的话来说，这是一个非常和谐的重组家庭：她不喜欢男人吸烟，他从不吸烟；她不喜欢男人赌马，他对赌马全无兴趣；她不喜欢说脏话，他就不在她面前说脏话。

　　更妙的是：她没有小孩，他有两个小孩；她父母不在，他父母都在；他女儿想养两条狗，她刚好有两条狗……

　　怎么看都是有缘来会，天作之合。

六

　　与继子继女之间的关系，是多数重组婚姻最大的问题。

　　而陈美琪平衡得很好。她跟两个继子女间的相处方式更像是朋友，平日里还会带着他们一起跟陈慧珊、郭可盈等圈中老友吃饭，感情很好；她不希望他们叫她妈咪，而是叫阿姨，因为她认为妈咪只有一个，就是生他们的那一个。

　　作为一个开明的长辈，她很尊重他们的想法，女儿不愿意他们夫妻再多生一个弟弟或者妹妹，她也觉得从婴儿开始养育一个孩子蛮辛苦的，就没再孕。

　　但他们有了错误，她一样会纠正他们，她觉得这是她的责任。

在相夫教子的同时，陈美琪也一度活跃在演艺圈，曾担任CCTV-6的嘉宾主持，发行个人唱片《落玫恋》。为人妻、为人母，她把自己的感悟化成文字，写出了《我的野蛮继母》和《一双飞往光明的翅膀》这两本书，并将收入全都捐给了慈善单位。

另外，她也是脑瘫儿童慈善大使，为救助脑瘫儿童做了很多贡献，长期资助相关医疗机构，还收养了山西一位患有脑积水的孤儿。

除了这些，她还一直坚持做义工，一做就数十年。

如今见了她，有人仍亲切地喊她小青，有更多的人称她为"天使妈妈"。

"我们结婚十多年了，我还记得婚礼那天我跟她承诺，她过去失去的快乐，我会十倍还给她。

"十年过了我发觉我做不到，只做了大概三倍。

"还好我们还有五十年的时间，可以都还给你。"

这是忻先生陪着老婆上节目时说的肺腑感言。

如今将近二十年的时光过去了，陈美琪的快乐都写在脸上，兰心蕙质的她还把一家人的照片做成台历，将幸福珍藏于每一天。

对过往生活的怨恨，她早已放下。

对她收养来的孩子，她也从未有过自私念头，并教导她不要怨恨自己的父母，他们可能也有自己的苦处。如果可以，她会在恰当的时机，带她去找亲生父母。

她对这个小宝贝唯一的期待，是希望她健康成长，长大后将这份爱传递下去，去帮更多需要帮助的人。

悉心照料养女之余，她还经常帮助一些不知如何领养孤儿的善心家庭，解答相关领养手续的事宜。

这样的善举，莫说在娱乐圈，在整个社会也是难得一见。

七

如今综艺节目五花八门，现在我们隔几年就能见一回"新白"三姐妹重聚首，先是江苏春晚，后有《王牌对王牌》等。

每一次重聚她都会激动落泪，还曾独自去当时剧中的取景地鸡鸣寺和瞻园拍摄了短片，为了给"姐姐"和"姐夫"一个惊喜。

她是个十分念旧，又珍视感情的人。

之前叶童、赵雅芝不和传闻流出的时候，陈美琪就出面帮忙澄清过，说三个人虽性格不同，但感情一直很好。当年在片场，她跟叶童都活泼爱玩，穿着古装也能大跳霹雳舞，芝姐则坐一边看看剧本、翻翻书，不时用她"慈爱"的目光关怀着她们，有如白娘子附身。

这真的是一个好女人。

从独善其身，到兼济孤弱，她的种种改变，都源于她从未放弃自己的追求，以及身边有个视她如珍宝的老公。

这个有故事的女人，虽历经岁月沧桑，她的美丽却丝毫未曾消散。

她的美丽来自她的脸庞，同样也来自她那知性纯美的内在。

如此温柔地爱着这世界，也值得被这世界所爱。

袁咏仪：简单的美人，运气往往不会太差

她的香

· · ·

在纷繁复杂的娱乐圈里，她始终是一个好简单的人。

这份简单，源于她为人处世极强的原则性，辅之直率、开朗的性格。

这个众女神圈里唯一的"小正太"，人如其形，无拘小节，随运而安，从不患得患失、纠结自苦，有话摊开讲，有问题解决问题，这样的人生，想想都痛快。

一

　　袁咏仪有三大：嗓门大、脾气大，心也大，此事众所周知。

　　别的女演员是活在镁光灯下，时时鲜活靓丽、仪态万方，而她却是被放在巨型放大镜下的，缺点一目了然，优点也十分明显。

　　怎么说呢，如果要用两个词形容她，一定是：性格刚烈、内心干净。

　　她从小就性格外向、大大咧咧，甚至有一点火暴，这样的性格似乎并不适合复杂的娱乐圈，可她入行多年，本色不改，还两度获得香港金像奖影后桂冠，嫁得一位如意郎君，成为人人称赞、艳羡的模范夫妻——颜值搭、性格搭；女方爽朗耿直，男方温良君子；她朋友多，他的朋友更多。

　　《阿甘正传》里有一句话："人的成熟是一个逐渐剔除的过程，知道自己最重要的是什么、不重要的是什么。尔后，做一个简单的人。"

或许，袁咏仪就是这样一个好命的"简单的人"。

2017年8月，她在微博po出跟成龙的合影，说是在曾志伟的安排下，跟成龙大哥了结了一桩旧怨。

这旧怨缘起于一部名叫《霹雳火》的电影，电影是成龙当年拉来两亿港币投拍的，拍完后找她补录台词，被她拒绝。在她看来，签了合同就该照合同办事，她已经完成了她的戏份，档期也已经排给了其他剧组，为什么还要她免费上工？这是她简单真实的想法。

而老一辈的成龙就不这么认为了，香港的演艺圈是讲人情、讲本分的，收戏完工喊你补录几句台词都不肯？这就是不敬业，一气之下把她告到了香港演艺协会。这是两代人观念的冲突。

后来成龙去好莱坞发展，见识了工业标准化的电影制作，发现比在香港工作轻松得多，"一个礼拜工作五天，礼拜六礼拜天休息，如果礼拜六要加班，就给双倍工资"。他从中受益，也改变了旧时的观念，并主动把这些规矩带回了中国。重审旧事，或者他对袁咏仪当时的选择会有新的看法，可惜已时过境迁。

《霹雳火》拍于1995年，袁咏仪跟大哥再聚是在2017年。

那几年里，她的事业在他人看来是走了下坡路，但曾得罪过大佬这件事，她自己又完全不晓得，一直过得大大咧咧开开心心，除了老公偶尔的花边绯闻，几乎没什么烦恼。

心有芥蒂或心有愧疚的，都是旁人。

二

这种大大咧咧的性格，与她的成长经历不无关系。

年少时有幸，被所有人宠爱。

生长于警察世家的袁咏仪，童年一起玩耍的小伙伴都是警察宿舍区的孩子，小孩间处理矛盾的方法就是谁能打赢谁说了算，过后还是好朋友。

在家里，父母虽然对哥哥苛严，对她这个女儿却没什么高要求，读书，尽力就好，不必勉强要考到第几名。她成名后，家里也没有提过要给多少家用，只求她开心、没有压力，他们自然也开心。

这种环境造就了袁咏仪豪爽率直的个性，也稍稍有点霸道，不会慢声细气地说话，就连同人说声"谢谢""你好"，都觉得不自在。

那个年代，很多美貌的年轻女孩去竞选港姐是为了贴补家用，如李嘉欣、钟楚红、蔡少芬等，没有机会继续念书，就被命运推着出道了。

袁咏仪不同，她去竞选港姐的理由有点儿傻，用她的话讲，是"可以去加拿大公费旅游的吸引，盖过了穿泳衣走T台的顾虑"。

有毕业于香港理工大学的底气加持，除了外形靓丽，她自信大方的谈吐也很加分，机智可爱的临场表现还时常引来评委的拊掌大笑。

最终，这个长得靓又能给周围人带来欢乐的女仔，拿下了当年的港姐冠军和"最上镜小姐"奖，正式进入娱乐圈。

其实这样一个天生丽质的靓女，在星探遍地、港影盛世的香港，从来就不缺拍戏机会。

学生时代的袁咏仪很喜欢运动，有部叫作《飞跃羚羊》的电影要找人拍几场跑步的镜头，给一百块一天，她被选中去做临时演员。副导演看了她的表现，上来问她想不想拍戏，被这个耿直少女一口回绝。

原本想找份安安定定能做到退休的工作的袁咏仪，仿佛命定般，兜兜转转，最后还是入了这一行。

三

早年的香港娱乐圈很复杂，很多人会因为圈子里一些难以忍受的人事与规则，产生心理问题、抑郁甚至自杀。

但袁咏仪不会。

倒不是因为她一路开顺，没遇到过烦心事。只是，她的个性习惯遇到不开心的事就立刻讲出来，不给自己压抑的机会，忍到第二天都不行。

在TVB拍剧时期，因为是新人，有打光师在提醒她不要挡光的时候夹杂骂人的话，她感觉不受尊重就直接怼了回去；正在拍摄的剧本有不合逻辑之处，她分到的角色人设前后割裂，她会直接跟上头反映，记者问起，她亦毫不顾忌噼里啪啦地都讲出来。

后来进了电影圈，最忙的那几年连轴转拍戏到深夜，剧组到了规定时间也不放人，没她戏份时她随便找了张椅子一躺，刚睡一会儿就被人吵醒，不爽的袁靓靓（袁咏仪的花名）眼还未睁就直接大骂，有时也会误伤导演。

久而久之，落了个"影坛恶女"的名声。

这样一个对朋友、家人、工作都不收敛脾气的人，初次见面的人一般会被她吓退，但了解她的人就会很喜欢她，觉得她率真有个性。

据她自述，走谐星路线的吴君如第一次见她的时候就想扇她，因为她"没大没小，说话大声"。

但吴君如的老公陈可辛导演就很欣赏她，觉得她性格直率，好过那些表面客气其实内心在腹诽的人，"她是会直接讲出来的人，当你跟她熟络以后就不会介意了"。

对于常被不熟识的人误会这种事，靓靓也已习以为常。

很多时候旁人以为她在发脾气，其实并没有，她只是声线粗、嗓门大，不太像个淑女。

后来吴君如也感叹，原来她就是这种性格，太直、太真，容易叫人误会，也容易叫人喜欢。

四

吴君如曾主持过一档节目叫《星星同学会》，采访过很多明星，也爆过很多料。

有一期袁咏仪捧场去做嘉宾，为了节目效果，自嘲是香港第四大恶人。当时她已生娃隐退，不在是非圈中，媒体也能给她客观评价，说她是只肯按照自己的意愿做事，认为自己义务尽到了，就不会因世故人情答应合同以外的事，并非不敬业。

但即便再我行我素，在香港也有三个前辈是她不敢开罪的，有时碰了面，还得乖乖挨训。

在这三个人面前，她会秒变好学生。

第一个是曾志伟。她出道拍的第一部电影就是曾志伟监制、柯受良执导的《阿飞与阿基》，当年她凭借这部戏打败了朱茵在《逃学威龙2》里的表演，拿到了金像奖最佳新人奖。

对于这次演出经历她印象深刻。

当时没什么拍戏经验的袁咏仪以为收工就可以走人，却在第一天就被曾志伟厉声叫住，指了一个木箱叫她站在上面，看着别人拍戏。可以说是很严格了。但靓靓还是照做了，也晓得前辈这么做是为了她好，希望她这个新人多学点东西，早有进步。

第二个是尔冬升。他执导的《新不了情》找到袁咏仪要请她做女主角，当时很多朋友都不赞成她出演这部戏，认为文艺片没市场，演了也没人看。袁咏仪却在看过剧本后立刻答应，片中她饰演身患骨癌的少女阿敏，感动了很多人。

袁咏仪也因此成为香港电影圈的一个奇迹，前一年拿了最佳新人奖，第二年就得影后，第三年连庄影后。

对于一手捧红她，对她的演技多有调教的尔导，她一直是感恩的，形容他"有老爸的威严"。

第三个是张国荣。他们一起演了六部电影，其中五部饰演情侣。每年哥哥的生日、忌日她都会准时发博追忆。

他同她一样真性情，她在片场大呼小叫的时候，他会直接出言训责，也曾在她最当红的时候，给了她很多有关前途未来的建议。

她曾说："哥哥不仅带给我拍戏的感觉，重要的是在做人方面也给了我很多影响。有一天我一大早去片场，那时候天还没有亮，看着片场门口有一个蓬头垢面的人，胡子也不刮，大家说是张国荣，我根本不相信。但这就是张国荣的风格，平常特别普通，但是化妆后光芒四射，完全是巨星。"

她如今只要不接戏便素面朝天，一身休闲，工作之外完全享受平凡人生，多少也是受了张国荣的影响。

这三个人可以说都是她命中的贵人。

五.

人生很奇妙的，红运当头的时候，有贵人提携、戏约不断，还有奖拿，样样都似开挂。

很多港姐一出道都是做花瓶的，包括后来以演技封神的张曼玉，而袁咏仪没有主动争取过什么，就有一个特别的角色找上门来。

那个令她拿到了新人奖的同性恋角色，她当初还不太想演，因为觉得导演长得有点凶。

幸运的是，她遇上了一个把她当朋友而非纯粹赚钱工具的经纪人，提点她有机会演电影很难得的，并中肯地劝说，在这个圈子里有关之琳、钟楚红那些大美人，就算她只想做个花瓶也是有点难度的，不如接受导演建议，剪短头发，尝试走另外一条路。

这真的是个明智且幸运的决定。

1994年前后，"50后""60后"的重量级女神钟楚红、林青霞、王祖贤、张敏们相继息影，张曼玉开始减产，关之琳、李嘉欣做惯了花瓶，在演技上并无太多野心。

袁咏仪出道的时候，市场正好出现空白。1993年梅格·瑞恩主演的《西雅图夜未眠》狂揽2.2亿美元，香港电影界也亟须这样一个"短发活力甜心"，是市场选中了袁咏仪——她1994年后连庄的两个影后，凭借的角色形象，也刚好符合梅格·瑞恩甜美、中性的商业形象。

年仅二十五岁，她就已集齐张国荣、周星驰、梁朝伟、梁家辉、刘青云、成龙、"四大天王"、王晶、尔冬升、陈可辛、徐克等正值壮年的巨星、名导加持，还有梅艳芳、刘嘉玲等前辈女星都曾为她抬轿做配。

她凭借一头利落的短发、飒爽俊朗的五官、直率活泼的性格，以及可圈可点的演技，深受影迷喜爱，且男女通吃。

那几年，整个香港的电影市场都在全力捧她。

当然她的天资实力也不孚众望，她不吝牺牲形象，戏路极宽，无论纯情的、疯狂的、深沉的、大气的，悲剧、喜剧都轻松驾驭。收获的票房是实打实的，到手的奖杯是沉甸甸的。

可以说，那几年的靓靓前无古人，后也难有来者。

如果说后来有希望延续她风头及地位的，2000年前后的张柏芝算是一位，不过张后来的际遇比较可惜，如果按正常的发展，香港影坛今天或会多一位天后级巨星。

六

世事往往难料。

20世纪90年代末期，袁咏仪在大银幕的作品急剧下降，2000年后的电影就更是屈指可数，她转而参演了大量制作粗糙的电视剧和肥皂综艺节目。

江湖传说是因跟成龙合演《霹雳火》，不敬业的态度惹到了大哥，被整个电影圈封杀。

传说归传说，不可尽信也。《霹雳火》拍于1995年，她在1996年还有八部电影上映，1997年五部，可见这个推测立不住。

不再是港圈的宠儿，渐渐淡出大银幕，她一直解释是因为自己当时心灰意懒，不想演戏。我觉得这是有可能的。张曼玉最红的时候，身不由己一年拍十二部电影，人称"张一打"；袁咏仪一年拍十三部电影，外号"一打零一"，工作强度可想而知。但另一个原因也是不可回避的，她当年的确少年得志恃宠而骄，年纪轻轻就要面对巨大成功和高强度的工作压力，谁还没个脾气？何况是她这种直愣不拐弯的个性。

简单举个例子，她走红后接戏太多，这组拖着不放人，她急着要按时赶到下一组，被拖了时间，在这组发了脾气，在下一组又迟到，于是两组都说她要大牌……

尤其在她连庄影后之后演戏NG就被骂，她会很不理解，而后直接发飙："影后就不能出错吗？"被有心人听了去，又认为她在要大牌……

然而这确实是她的真实想法。

一位成熟的演员在演技修炼的路上或许都会经历"开窍"的一刻。张曼玉"开窍"的电影是《旺角卡门》，钟楚红是《胡越的故事》，王祖贤是《倩女幽魂》，而袁咏仪却从没有切身体会到"开窍"的刹那是什么感觉。她属于天生有点悟性的女演员，拍戏对她来说是一件太轻松自然的事，凭感觉、做自己就能出来不错的效果，又能得到市场认可、影迷宠爱。事业上过于平坦顺遂，导致她对演技上的精进也就没有那么执着和渴求。

直到后来她拍完电视剧《花木兰》，开始对表演这件事有了新的体悟和认识，而此时，电影圈已经大变，再接到好角色的机会就少了。

七

其实在袁咏仪转战电视圈之前，整个香港的电影市场都已经在走下坡路，这种日薄西山是圈里圈外人都能明确感受到的。观众能看得到的优质电影日渐减少，演员身处其中，须经受十天、半个月粗制滥造赶拍一部快餐电影的痛苦，她想拍的女性题材电影更是少之又少。

在她感到倦怠、差点抑郁的时候，决定听从好友的建议息影一年，放松心情，到处去玩，后来为了事业发展她选择远走台湾、北上内地。再见她时，已是小荧幕上那个男装扮相英姿飒爽、女装扮相端庄大方的花木兰。

电视剧的反响相当不错，但重回电影圈的路似乎不那么顺畅了。

在她最意气风发的那几年，港媒是捧她的。

当年她选上港姐冠军，司仪曾志伟将她由头看到脚，开玩笑说她全身上下无一处是靓的，在场的记者忙打圆场说明明很靓啊，"袁靓靓"的昵称就这么传了下来。

但当她失意停工的时候，各路八卦小报落井下石，指责她耍大牌，各种失实、夸张的"罪名"也纷涌而来。

说她不知感恩，脾气大到连尔冬升也不给面子，还在饭桌上把他骂哭。实际上，她对尔导是又敬又怕的，尔冬升拍《门徒》《路人甲》时她都特地去客串，怀着孕也不推脱，宣传期还帮忙站台，怎么都不能说是个忘恩负义的人；说她欺负新人，事实是某些新人不够敬业，片场看杂志、玩游戏，有时拍戏过程中为了抢镜头，还会不顾剧本打乱站位，她看不惯便出声喝止。

对于各种负面声音，她选择一笑置之："娱乐圈很透明，我很早就看清了这个圈子。有时候，我们的工作就是被娱乐，所以不要太较真。看开一点，其实没有什么。"

媒体的捧高踩低她早已看惯，又一向没什么得失心，有戏拍、有老公爱、有朋友在，不能重回电影圈，也无所谓。

简单的人，亦有她简单明朗的处世之道。

八

袁咏仪常常把曾志伟、尔冬升、张国荣三个恩人挂在嘴边。

其实在她老公张智霖的心目中，也有一个影响他一生的贵人：《边城浪子》的导演陈勋奇。

他曾在红馆演唱会上深情告白："多谢陈勋奇导演请我拍戏，给一个机会给我，去做一套古装片，叫作《边城浪子》。在片场里面，在一条零下十几摄氏度的街上，我就坐在一个大木盆里面冲凉，脱了上身的衣服啦，虽然有一点热水，还是好冻好冻。当其时，突然间前面有一匹白马经过，我见到一个好靓的女仔，穿着古装，哇，慢慢didodido（学马蹄声），在我面前，翩然而过，望了我一眼，当时我就好冻啦，但我仍然都会chok住个样望回那眼。就是因为那一眼，我就坐了20年牢。"

那是1993年的冬天，袁咏仪饰演的一身铃铛的丁灵琳身骑白马，打木盆前经过。

当时两人各有伴侣，换作别的女子，这件事可能有点难办，即便两人再聊得来，要么断了念头，要么等男方先解决完再作打算，给自己留条后路。但这不是袁咏仪的风格，她是好简单、好直接的一个人，确定自己的心已另有所属，就自行跟前任解释清楚，恢复单身，清清爽爽，再同张智霖说："我的问题已经不存在了，等你喽。"

而张智霖呢，按他的性格本来是会找一个会唱歌又很温柔的女人，就是前任许秋怡那样的，但老天让他遇到了袁咏仪。

靓靓是不怎么会唱歌的，虽然也出过一张专辑，性格则和温柔扯不上半点关系。

但缘分这回事，很难说的，一旦命定的那个人出现，之前的条条框框全部被打破。

各自和平分手后，两人很快走在了一起，后来生下了魔童。

张智霖的前任许秋怡之后的情路也算顺遂，她后来嫁给知名艺人王书麟，夫妇俩婚后育有一子Cody。各有各的缘法，再见还是朋友。

25年后，在张智霖那场红馆演唱会上，两人再度同台，合唱《现代爱情故事》，台下则坐着一脸陶醉的袁靓靓。

九

这段女强男弱的"仙靓恋"起初并不被看好，两人也为了前途考虑，维持了一段时间的地下恋情，要吃饭、约会怎么办？为了躲狗仔，甚至躲去了澳门。

后来张智霖拍《射雕英雄传》时出了意外，让袁咏仪觉得生命无常，要珍惜当下，选择了义无反顾公开恋情。

在袁咏仪眼里，张智霖不是一个只拥有外表的人，他是有实力有潜力的，将来一定不会让自己失望。

张智霖也觉得爱情是两个人的事，懒理外界质疑，一边暗暗努力，把自己的工作做到最好。结果大家都知道了，后来在张智霖的演唱会上，靓靓无比自豪地说："以前大家见到张智霖，都称呼他为袁咏仪的男朋友，现在大家见到我，都说：她是张智霖的老婆！我一直等的就是这个称呼。"

是啊，从相恋那天起，她就一直在等，等着跟他结婚，成为他的老婆，甚至有一天忍不住跟他说："我们怎么还不结婚？你如果不想结婚就不要拖我啊！"靓靓一向直白，张智霖就比较内敛了，他说："我有考虑过这个问题的，你等一等，我想在事业上再进一步，赚多点钱才能养得起你啊。"

作为单亲家庭长大的孩子，张智霖其实特别想拥有一个属于自己的完整的家庭，越是如此越是不敢轻率，始终希望自己能真正担得起一个家庭的重任，能给靓靓更好的条件和基础。

终于，2000年他主演的《十月初五的月光》成为当年TVB收视率最高的剧，他唱的主题曲《祝君好》夺得了劲歌金曲奖。事业上终于有了成绩，于是他就开始计划在新加坡向靓靓求婚。

求婚的过程特别符合两人搞怪的个性。这天靓靓来探班，一开酒店的门，发现有鲜花有红酒还有铺满花瓣的床，看起来很浪漫的样子，她暗自窃喜：终于要被求婚啦。这时张智霖奉上一只粉蓝色的小盒子，靓靓打开一看：珍珠耳环？瞬间失望。

大仙看了哈哈大笑："就想看你这个表情，很失望吧哈哈哈哈！"然后拿出另一个盒子，里面装着靓靓盼望已久的结婚戒指。

十

"无事避忌，只想跟你相偕老"，是张智霖在1994年亲笔写给靓靓的。

如今已经二十四年过去了，他们仍在一起，仍然相爱。这些年，也有过几起小小的风波，都在双方的坦诚与包容中，悄无声息地退散了。

靓靓曾在《志云饭局》上直面过去，坦承年轻时贪慕虚荣，曾跟一个成熟绅士的有妇之夫交往，如今想来，是对正室有所亏欠的。张智霖被问到此事件时答得非常睿智，又大气温暖，他称遗憾没能更早结识她，没有早点保护她，每人要有经历，人生才更美满，自己也不是圣人。

张智霖跟佘诗曼拍戏时曾传出绯闻，有小报乱写，说靓靓闯进电台破口大骂，扬言要杀了阿佘云云。靓靓后来在节目上公开澄清，说跟佘诗曼没有任何矛盾，并称赞阿佘性格很好，相信如有合作会是朋友。

有了问题，共同面对、马上解决，是两个人早已达成的默契。

最让人印象深刻的是，每次两人出门逛街时，张智霖习惯将手背在身后，牵着靓靓的手，两人以这个奇特的姿势十指紧扣。

这个习惯从恋爱到结婚一直都没变过，有些感情是装不出来的。

最有意思的是，张智霖会在节目上吐槽让老婆别再买包，可转身自己又陪着她全世界买爱马仕。

靓靓也曾"狮吼"老公嗜车如命，却默许他继续狂买车，即使不断搬家租房住也从不介意。

去年两人终于买房，花了九千万购入某豪宅，却只登记了张智霖一个人的名字，这又令好事者多生揣测。

事实上，早在两人结婚周年纪念的时候，张智霖已将公司一半股份转到了老婆名下，并且也买了楼送她。

十一

多年过去，两人的感情一直为人称道，但当事人却不曾有过成为"模范夫妻"的觉悟。

关于靓靓，张智霖称她是最信任的拍档，说自己很珍惜现在的家庭，但不敢说会走到最后。靓靓也说，即使分手都会是朋友。

婚姻并不意味着对另一人全部地拥有，就好比风筝拉得太紧反而会绷断线，不如给彼此一个自由呼吸的空间，相处得轻松一点、简单一点。

她说，这是她从嘉玲姐那里讨来的夫妻相处之道。

这个年少成名、说话直来直去的女子，曾像一颗彗星，以耀眼的光芒划过香港影坛。她没在影坛深耕下去，不得不说对她和整个影坛而言都是重大损失。

多年过去，在与她性格相反的老公的相处中，她慢慢意识到了自己年轻时不知分寸、修行不够，令他人不满，自己也为此付出了代价。

人总会转变，这些年她的脾气温和了很多，但骨子里依然率直。

在这个人事复杂、新陈代谢飞快的圈子里，她始终不曾消磨掉自己的棱角，我们称之为个性。

她只懂简单地做自己，也只愿做简单的自己。

或许有种种缺点，叫人头疼，但这也正是袁美人最大的魅力所在。

曾华倩：珍珠的光华，岁月最了解

她的香

· · ·

她是珍珠一样的女人，自带一种低调的纯洁和高贵。

出身好、教养好、相貌好，有人捧、有人宠，

却也非事事如意。

她与刘嘉玲、梁朝伟年轻时候的爱恋曲折，

媒体喜欢拿这段旧事添油加醋，

帮她塑一个"悔不当初"的苦情形象。

她便拉着"情敌"节目上谈笑风生，行为佐证……

旧事如烟，早已翻篇。

一

　　有个神话故事描述了珍珠是怎样形成的：

　　维纳斯女神随着一扇徐徐张开的巨贝，慢慢浮出海面时，身上落下了许多水滴，这些水滴顷刻就变成了一颗颗洁白的珍珠。这每一颗珍珠都是美神的化身。

　　于是我们不难理解，为什么数百年来，珍珠始终被赋予优雅与高贵的气质，散发着与众不同、超然脱俗的光华。

　　而《希望之鸽》中的小泉圣美，就像是一颗浑然天成、完美无瑕的珍珠。

　　圣美，圣洁而美丽。

　　她眼睛微闭、嘴角上扬时，是那么高不可攀，穿着学生装时，又是那么雅致纯真。

　　在古代，权贵用珍珠代表地位、金钱和尊贵的身份，平民以珍珠象征幸福、平安和吉祥。所有人都喜欢收藏珍珠，所以像圣美这种珍珠般的女人，肯定会有人珍之重之，所以剧中安排了三个男人对她执迷不悔。

一见钟情的初恋黎子涵，因误会圣美坠崖已死，不愿承受痛苦而选择失去记忆。

深情、霸气的原田浩二，在圣美十五岁起就以得到她为人生目标，耐心地等着她长大。

日本的珍珠大王原田健，他以父亲、丈夫、兄长式的宠爱来爱着圣美。

那时年纪小，对珍珠没有概念，后来才知珍珠代表着什么，才明白为什么黎子涵会用珍珠作为定情信物。

二

"小泉圣美"是曾华倩由香港到台湾，演技转型期出演的一个重要角色。

而曾华倩本人也跟小泉圣美一样，自出生那天起，就带着珍珠般的华彩。

她的家世在那个年代的港星里是极好的。父母都是执业医师，行中有名的圣手伉俪，因而她小小年纪便参加过港督晚宴，读了中五没去参加联考，也只是因为想到日本去学时装设计。

这样一个不折不扣的小公主，自然不会看上TVB艺员那区区几千块的月薪。她陪朋友去考艺员，一时玩笑填了报名表格，当然也没什么一击必中的野心。无心插柳却偏偏雀屏中选，与蓝洁瑛、刘嘉玲、商天娥、吴君如、刘青云、吴启华、陶大宇等人成为同班同学。

这是TVB最后一期全职艺员训练班，也是最星光熠熠的一期。

多年后她同闺密吴君如回忆起艺训班的日子，说得眉飞色舞。

当时男生中绅士斯文的吴启华和风趣有型的陶大宇最受欢迎，刘青云则是个面瘫怪咖。女生里刘嘉玲最得老师欢心，经常请到家里吃饭，跳舞的时候老师永远选她当舞伴。她和吴君如则是最不上进的，下了课就想着去蹦迪。

虽说她不是个用功的学生，但是她生得美啊，又家世好、气质好，马上在当期学员里出类拔萃，有了"班上一枝花"的美誉。

TVB力捧她时的宣传语也很夸张，用的是"翁美玲的真，陈玉莲的冷，张曼玉的俏"，意思是她会集了三人之所长，星途必定很宽广。

而她也不过在艺训班里晃了半年，1983年9月《四三零穿梭机》进行了改组，除梁朝伟和周星驰外，又进来了两位美女，她们就是刚刚由第12期艺训班毕业的曾华倩和蓝洁瑛。

关于这一段，黄老霑是如此说的：盈盈十七岁，异花初绽时。

十七岁的曾华倩出落得窈窕动人，笑起来亲切，不笑时冷艳，师兄梁朝伟对她颇有好感。

后来电视剧《新扎师兄续集》筹拍，因张曼玉不能出演，导演王天林正为张曼玉的替代人选而伤脑筋，梁朝伟便向他推荐了曾华倩，说这是一个很有灵气的女孩子，可以演好这个角色。

一个是阳光活泼、从小衣食无忧的小公主，一个是低沉忧郁、双眼迷人的贫穷公子，截然不同气场的两个人互相吸引，连苛刻的TVB都有意撮合这对金童玉女。再加上经常一起拍戏、一起参加通告，他们很快便走到了一起。

曾家小公主为他放低了身段，经常为他洗手煮羹汤，约会地点也多在伟仔家里。

但终究性格上不合拍，好的时候如胶似漆，闹起矛盾来便是火星撞地球，争吵不断。

作为彼此进入娱乐圈后感情上的第一任，两人相恋了六年，六年中三合三分，像极了一出言情剧，既舍不得分手，又无可奈何。

仔细说起来，在这段感情里，两人都没什么大的过错。

他长她三岁，自小贫寒，当过报童、卖过电器，而她天生便是含着金钥匙的大小姐。在他为着生计到处轧戏的时候，她无法理解，抱怨他没时间相陪。她撒娇地埋怨他不够关心她，他却误以为她是在大发脾气。他不喜欢她去迪厅，希望她收工后回家好好休息，她说这不是她的生活方式。

说到底，都是太年轻，二十出头的少男少女尚未懂得设身处地体谅对方。

第一次分手后，他们因为合作《青春差馆》而旧情复燃。

第二次分手后，梁朝伟和黎美娴谈了一年不到的恋爱，又回头去找曾华倩。

第三次分手……没有以后了。

三

"真没想到分手，当时只是闹闹，真没想到……那时我太年轻了。"这是一句很多人都曾挂在嘴边的话，背后掩藏了多少沧桑。

第一次复合，《明报周刊》采访她，记者不大明白女儿家心事，问她碰到伟仔会否尴尬，没承想她反应极快地迸出一句："我很爱他呢！"

第二次复合，记者问她怕不怕黎美娴受伤害，她直言不讳地说："我跟伟仔拍拖这么久，自己也受到很多伤害，受的伤害比她大十倍。"

每一次的分合，曾家的小公主情绪波动都很大，闺中密友刘嘉玲见她伤心不舍，就气愤地前去质问男方。哪知提分手的伟仔心情更不好，整日借酒浇愁。因都曾过过苦日子，嘉玲看到后觉得心疼，便陪他聊天，为他开导。

这边曾华倩还在等着闺密的消息，那边闺密和前男友已经从聊心事，变成了更进一层的关系，更在合作舞台剧《花心大丈夫》时擦出爱的火花。劝架的事便没了结果，刘嘉玲与梁朝伟却手挽手、把臂同游泰国。

得知他们已公开在一起的消息，曾家小公主的内心受到了一万点伤害。毕竟，一方是自己谈了六年的初恋，一方是自己结交了六年的闺密。外人看来，她可不就是双重背叛的受害者吗？

她心中愤懑不已，便在另一闺密吴君如的节目上冷不防地来了一句："有好嘢都俾人捡咗！"（有好东西都给人捡了。）

刘、梁公开后，她一面发着誓不再找圈中人恋爱，一面接受了陈庭威的追求。不久她在TVB约满，两人双双跳槽去了亚视当花旦、小生，共同主演的《胜者为王Ⅱ天下无敌》是亚视20世纪90年代初收视第一的剧集。

不过和陈庭威的这段恋情，大概也只是梁朝伟之后的一个寄托吧，反正分手后她也再没有提起过。

四

一出生便是公主，出道即被力捧，她这辈子最不得意的事，怕就是这段初恋了吧。

后来人们回忆说，梁朝伟是天生的演技派，在TVB拍快餐电视剧时已懂得如何用眼神演戏。而曾华倩亦是难得的宜古宜今，更兼灵气逼人，所以才能得到东家重视，落足了力气欲送她上青云。

一开头就是《雪山飞狐》中的苗若兰，秀美绝伦，与世无争，这样讨好的角色一出世，没有人不交口称赞。后续《新扎师兄续集》里的叶巧宜，与《倚天屠龙记》中的郭襄、《边城浪子》中的丁灵琳，也都是上上选的角色与扮相。

后来她自己也承认，当时只知道往镜头面前一站，导演说什么，她就做什么，从没想过更深。

但认真看看当年剧集，你会觉得，她也只是美而已。

可你又能要求她什么呢？一个二十几岁的年轻女孩，家世又好、人又聪明，嗔笑薄怒都光彩照人，人们爱看她的面孔就已经足够。

一直到20世纪90年代初到台湾拍《希望之鸽》，她才下决心把演技好好打磨。

她最具代表性的作品，应该说还是1993年亚视的台庆剧《银狐》，当时收视率一度打败TVB。她饰演的白羚一如她的名字，白色羚羊、洁白无瑕，从纯真少女到绝代名伶，都魅力四射。

合约满后她跳槽回了TVB，不但没有被冷藏，反而有了为她量身定制的剧集《前世冤家》。

她从香港红到台湾，再到东南亚，却再也没有找到一份持久的爱情。

五.

1996年，曾华倩与从事美发用品生意的商人林肇基结婚，并育有一子林浩贤。

　　她结婚后收心做居家太太，每天早上起得比老公早，先看半版报纸，老公起床后，服侍他到出门，在他旁边检查有没有漏带的东西。小两口喜欢在家喝红酒，放假一起打球，有空结伴旅行。

　　只是这段婚姻维持了六年便以离婚收场。一说是她脾气骄纵，婚后对老公管束过严，以致老公受不了她的控制欲；二说是林肇基希望她婚后淡出演艺圈，偏偏她生性好动，不愿放弃事业，两人不欢而散。不管真实原因是什么，这个被宠惯了的曾家小公主，始终还是维持着台面上的骄傲与体面。

　　离婚后她一人独立抚养儿子，前夫给母子俩提供了安稳的生活条件，但曾华倩还是选择了复出。不过为了照顾儿子，她很少拍戏，大多是接些主持工作，主持过《欢乐满东华》，还有一些美食节目、旅游节目、电台节目，甚至还有风水节目，其间还和马国明传过姐弟恋的绯闻。

　　在媒体的报道里，"梁朝伟前女友"始终是她甩不掉的标签。

　　曾华倩则多次表示已放下梁朝伟，此刻最爱的人是她的儿子，她说自己"一直都不太了解梁朝伟"。

　　相比年轻时的轰轰烈烈，她现在过得平淡又自然，有工就开，没活儿就把心思花在儿子身上。儿子有游泳天赋，从小参加比赛，多次在学校拿下游泳比赛的冠军，被冠以"喇沙飞鱼"的称号。

　　2014年后，她更是推掉了大部分工作，带着儿子到处比赛。

今年5月份，林浩贤及其队友还在第61届马来西亚公开游泳锦标赛上，获得了4×100金牌的好成绩。

六

曾华倩为人如何？

所有认识她的人都说她宜室宜家，哪怕是离婚后，她的前夫林肇基也是这样对媒体说。

她很疼孩子和家人，虽说年轻时候精力旺盛爱玩、爱闹，但受到过良好教养的她，骨子里终归是个传统的中国好女人。

这样一个家世好、教养好，人又单纯漂亮的女孩子，是比较容易讨老人家喜欢的。

当初，梁朝伟妈妈就很喜欢她，最初两人闹别扭梁妈妈也更偏心于她，一直喊她的乳名咪咪，称"咪咪说阿伟演戏演得太着迷。我明白阿伟忙，但也叫他有时间便陪陪咪咪。我很疼咪咪，当然希望他们和好"，过生日必请她到场。她同梁妹妹也是好朋友，与伟仔分手后，跟她们仍有来往，做不成梁家媳妇情义仍在。

她和吴君如也保持了一生的友谊，同吴君如坐一起，她永远是少女上身，什么都敢说，说什么都好笑。

吴君如曾经说过，曾华倩就是同一个时空里美貌加成版的自己。

她们相识于青春年少，一起洗过澡，一起逃过课，一起蹦过迪，互相参与到对方人生中的各种重要时刻，互称"我的野蛮老友"。

吴君如花季少女时失恋痛苦，曾华倩便鼓励她重新振作，并严格监督她减肥瘦身变美妞。上节目被问到会否喜欢伟仔类型的，吴君如说不会，然后话锋一转："我会抢刘嘉玲的男朋友……"曾华倩生孩子，吴君如亲手织了毛衣给她送去。曾华倩刚复出那会儿需要收拢人气，吴君如就邀她常上自己的节目。

至于她跟刘嘉玲的纠葛，也早已时过境迁，从闺密变陌路，近几年又做回可以聊几句的朋友。

七

1994年，梁朝伟凭借《重庆森林》第一次拿到金马影帝，他当时很想跟曾华倩分享，刘嘉玲便拨通了她的电话，邀请她参加他的庆功派对。她原本不想出席，但刘嘉玲说："好希望华倩能出现，因为我知道伟仔好想和她分享喜悦。"最后她如约而至，内心如何想未可知，但至少做到了表面上的融洽。

2002年，曾华倩离婚，同一年刘嘉玲裸照被《东周刊》曝光，双双遭遇人生不如意事。

第二年，也就是2003年，她被拍到与多年没见面的刘嘉玲在香港跑马地的一家酒吧叙旧，在场还有吴君如。三人一直聊到凌晨四点多，都还舍不得离开。这段过往的爱恨情仇，随着时间的流逝已然化解。

刘嘉玲前前后后上了曾华倩几档节目，每次同框，在媒体渲染下，都是一周娱乐头条。

都是聪慧洒脱的女子，聊起天来自然是你来我往，火花噼啪。感情事很难讲错对，这么些年来，大家心里头都难免有委屈，但如今聚首，更多的是推心置腹，偶尔为了节目效果大笑着互相酸上几句，酸完了立刻拍背安抚。

2008年，梁朝伟与刘嘉玲在不丹大婚，曾华倩虽没有出席婚礼，但在接受采访时也表达了自己的祝福："我们虽然不是常见面，但是朋友之间，尤其是我们这样拍过拖的，已经不是普通朋友，那种感情是很难去形容的。我和嘉玲也是，刚出道就认识了……一切尽在不言中吧。"

再后来，两人的同学、四十七岁的商天娥嫁给商人李伟诚，圈中好友纷纷到场道贺，堪称老同学聚会。她第一时间在微博上发了多张同刘嘉玲、吴君如等人谈笑的画面，以证昔年情分未变。

八

2018年年初亚视正式复活开台，邀请她过去当一姐，并担任《今晚见》节目的主持人。五十三岁的曾华倩保养得当，身材姣好，风采依然。

旁人问起她的养颜秘笈，她答："够睡。"

她在生活上极为自律，通常一般晚上到了十点钟便睡了，最晚也不会超过十二点。

而当初，她跟伟仔不可调和的矛盾之一，就是她不规律的生活习惯。热恋中的伟仔会在晚上十二点打电话给她，问她在做什么，她大多情况都在夜总会跳舞。伟仔叫她早点回家，她说她还想跳一段时间。他心里很不爽，就驾车来到夜总会劝她回去休息，她不领情，他很失望，便开始考虑二人是否合拍。

分手后倒是一个改变了生活习惯，一个变得对爱人更加包容了。

我们都知道，刘嘉玲是比曾华倩更爱玩的。而伟仔不但不反对她泡夜店，还愿意陪她打麻将，乐于为她下厨。

有时爱情这回事，时机真的很重要，缘起、缘灭，随缘而已……

当年与曾华倩热恋时，梁朝伟曾说："跟华倩出去，是我最开心的时候。"在两人第三次分手时还说："华倩仍是我最喜欢的人，但因为彼此都长大了，已难重拾昔日感觉。"

许多年后，梁朝伟说"嘉玲是我一生中最重要的女人"。

很多时候，未必是人变了，而是不同人生阶段对爱情的理解和需求不再一样，纵然是曾经有过命运交集的人，也抵不住两条轨道的背道而驰。

何况，人一辈子里还有很多比爱情更重要的事，像《爱乐之城》的男女主角为什么要分开？不是不爱了，而是他们更理性了，知道当下最想要的是什么。

九

如今的曾华倩是一个独立而美丽的单亲妈妈，爱情的事都是随缘。

最最重要的是，你在她的身上，永远都看不到美人迟暮的朽败感，她把日子经营得妥帖舒坦，不油腻，也不幽怨。

这个一直被"宠爱"包围着的曾家小公主，她恋爱、结婚、生子，都要比艺训班上的同学早一步，离婚也是干脆利落，快人一步。她是一个大美女，所求不过是一个普通女人的小生活。人生各种角色她都已经体验过了，没什么可后悔、抱怨的。

有人说她前半生精彩、后半生寡淡，她大方处之，并笑言："生、老、病、死，人生必经阶段，前半生精彩也很满足了！"

尊重岁月，也珍重自己，过往憾事，便真正地从心底抹去了阴影。

这些年来，曾家小公主变了很多，成熟了也更豁达了。不曾改变的，除了她窈窕修长的身姿，还有她春风一笑时，眉眼间蒙眬娇柔的感觉。

一眼望去，那笑容里，仍有年轻时候的灵性。

山口百惠：我决心去爱，去经历创伤

她的香
· · ·

众人眼里她是偶像、是女神，
是日本影史上一座难以企及的高峰。
但对她来说，一个平凡、完整的家庭给予的美满，
却是多少掌声与虚名都换不来的。
二十一岁，她站在舞台上落泪发表引退感言，
转身的背影悲壮又凄美。
她说：我决心去爱，去经历创伤。
所幸，所遇是良人，白头共余生。

一

最是那一低头的温柔，
像一朵水莲花不胜凉风的娇羞，
道一声珍重，道一声珍重，
那一声珍重里有蜜甜的忧愁。
沙扬娜拉！

　　这首徐志摩创作于1924年的抒情组诗《沙扬娜拉》（赠日本女郎），写尽了日本女子的温柔娇羞、楚楚动人。

　　在众多的日本女明星中，若要寻找一位集日本女性美之大成者，那么非山口百惠莫属了。

　　山口百惠曾在20世纪七八十年代掀起的飓风，直至今日仍留有余响。

当初，在盛名盛年之时，她选择嫁给三浦友和，从娱乐圈隐退。

三十多年过去了，沧海桑田，斗转星移，世间事早已物是人非，然而，山口百惠的名字依然是如神话般的存在。

国人对山口百惠的印象大抵有两个：荧幕上的清纯女神，急流勇退的居家贤妇。淡然不争如她，在很多人心中，是最适合娶回家的那类美人。

跟面容精致的前辈吉永小百合相比，山口百惠的五官单看其实并不突出，但组在一起却别有韵味，尤其眉间的清新气质，让人如同清风拂面。

影迷们都喜欢她山茶花般的笑，明媚而娇羞，永远都像是未经世间疾苦的少女。

然而在这样的笑容背后，你很难想象，她的童年和少女时代过得有多不快乐，甚至可以用灰色来形容。

是在遇到三浦友和之后，这美好的笑容，才变成一种常态。

二

1959年，山口百惠出生在日本东京一个特殊的家庭里。她的父亲另有一个完整的家，她是小三生下来的私生女。

"我不知道自己究竟是在何时、何地、怎样出生的。我没有像世间一般的母子那样，母亲对孩子说起'生你的时候呀……'这类话语的记忆，我也没有询问过那些事的记忆，等等。"

她在自传《苍茫时分》里回忆童年时，这样写道。

除了把她的名字登记在户口簿上，提供不足以维持温饱且不包括学费的生活费，她的父亲几乎没有尽到任何为人父者的责任。

"我没有父亲。即便是他作为一个个体在地球上存在着，我还是要否定他的存在。"这是她对生身父亲的评价。

她眉宇间不经意流露出来的淡淡忧郁，不同于同龄人的早熟，以及对组建完整家庭的渴望，都是童年的不愉快经历给她留下的烙痕。

十三岁那年，她携一首《回转木马》参加了第五届"明星诞生"歌唱比赛，获得第二名，引起了圈内人士的关注。

"山口百惠朴实无华，但她从步入演艺圈起就很有自己的特色，她具有很强的吸引力和亲和力……"作曲家都仓俊一这样形容当时的山口百惠。

刚出道那会儿，她跟森昌子、樱田淳子并称"高中三枝花"，三个小女孩唱着有关天使、梦想之类的歌曲，面对年龄相似的受众，不擅长扮可爱的她并非最红的那个。

很快，举止大方、嗓音醇厚的百惠被贴上了"早熟"的标签。

出道第二年，她发行了《豆蔻年华》和《青果实》两张唱片，并参演同名电视剧《豆蔻年华》。

唱而优则演，制片人曾对她的戏剧天分表示担忧，对此，百惠的心态倒是平常，"演技就像自己的生活，自然地按原来的样子恰当地表演就好了"。

这种自然不造作的表演方式，后来贯穿了她主演的十三部电影、十二部电视剧，也成了观众喜爱她的原因之一。

三

1974年，山口百惠与前辈宇津井健合作TBS连续剧《欢笑的容颜》，在戏中饰演一对父女，并合唱了主题曲《爸爸是恋人》。

这次合作对她的一生影响深远，宇津井健除了指点她演技，还教给她许多人生道理，对缺失父爱已久的山口百惠而言，宇津前辈更像她真正的父亲。

此后，他们多次出演父女，包括那部令她声名大噪的《血疑》。

这一年，十五岁的山口百惠遇上了二十二岁的三浦友和。

当时两人参加"格力高"的广告拍摄，三浦友和穿着一身蓝色运动服，身材高大，形象阳光，让山口百惠以为"他是一位来绿地公园练习的运动员"。

摄制组介绍过之后，二人才打了个招呼。

当时三浦君的态度并不热切，仅说了句"请多关照"就走开了，连个笑脸都没有。

而山口百惠却未产生丝毫不快，"我在他身上感受到了一个迄今为止绝对没有遇到过的世界。他从不发出轻浮的笑声，以一种稳重的语调跟人说话，那种讷讷而言的语感，让人感到新鲜"。

四个月后他们再度见面，合作主演电影《伊豆的舞女》。

这是一部为山口百惠量身打造的电影，川端康成经典名作，曾被多次翻拍。每一次翻拍，都会捧红一两个初出茅庐的青年演员。

结果自然是理想的，山口百惠不负众望，塑造出了一个不同于前辈田中绢代、吉永小百合的质朴纯真的小舞女阿熏。

《伊豆的舞女》获得巨大成功，很快，他们又一起合作了由三岛由纪夫小说改编的电影《潮骚》。

在这部电影里，山口百惠奉献出了她的银幕初吻。

四

多次的合作相处，让山口百惠在坦荡直爽的三浦友和身上看到了完全不同于自己的发光点，慢慢地，开始留心他的一言一笑。

有的人初见可亲，接触下来发现徒有其表；有的人越是了解，越觉可爱，仿佛有挖不尽的闪光点，俗称耐品。

三浦友和明显属于后者。

在百惠眼中，他是个接近于完人的人，长得帅，有学识、有情调，性格沉稳内敛。甚至他们后来居住的房子，都是他自己亲手盖的，屋内设计也是出自他的手笔。

之后几年，《血疑》《古都》《春琴抄》等数部电影、电视剧合作下来，"金童玉女"的形象已深入人心，堪称国民cp。

每一年，两人都会共同主演两到三部片子，同期还合体拍摄广告、接受杂志采访，一年有大半时间都在一起工作。

一次次在镜头中互相凝视，互相说着"喜欢你""爱你"的台词，慢慢地，心动的感觉从戏里蔓延到了戏外，多年的默契转化成最深的情意。

三浦友和曾在歌曲《到婚约之日为止》中唱过：孩提时代的小小伤疤，你的一切都合我意……

山口百惠的童年里，恰有一道小小的伤疤，这首歌唱进了她的心里，而这个人，亦早已走进了她的心里。

五

和山口百惠一样，三浦友和的成长经历也算不上愉快。

三浦友和的父母都来自小山村，屡次搬家后，终于怀着一颗求安稳的心在东京定居，却陷入无休止的吵架和冷战，以至于让幼时的三浦友和"老想尽早从不舒服的家里逃出去"。

他报考电子工学院，为的也是考取无线通信员资格，以便将来可以在船上工作。

入学前的暑假，他打工赚到一点钱，立刻退学搬家，和朋友合租，加入一支乐队，打算当职业音乐人。每天只吃一顿饭、一条牛仔裤穿一年的日子，持续了好长一段时间。

终于，有演艺经纪人签下了他，他开始在电视剧中跑跑龙套，后来参加《伊豆的舞女》男主角海选，得到导演西河克己赏识，从此一举成名。

成名之初，他也有过迷茫与迷失。每天拍完戏就去酒吧喝酒，夜深打不到出租车，索性在酒吧喝到天亮，常常因此装病请假。

和山口百惠相恋之后，他彻底为这种日子画上了句号。

而山口百惠除了不快乐的童年经历，私生女的头衔更是如同她人生的紧箍咒。她的生父个性专横跋扈，看女儿的目光，"是像看自己占有的女人那种动物的目光"。她进入演艺界之后，他向她的公司借钱，不经过同意就将她转签到另外的公司，为博取同情，在病房召开记者招待会，出尽丑态。

不愉快的童年、少年，无法提供安全感的家庭关系，这种经历，有可能指向另一种人生：失败的，下坠的。

所幸的是，两人的职业生涯都开始得很早。这让他们兢兢业业，被无数目光监督，侥幸绕过这种可能性。

不平顺的早年生活，转化成他们生命中的滋养，让他们早熟，使他们内心丰沛。

尤其是，这段美好的相遇给了他们彼此极大的慰藉。

六

在《春琴抄》公演期间，几位主演一同到夏威夷度假。

在朋友下车去买冰激凌的几分钟时间里，三浦友和向山口百惠吐露了真情，这令百惠山口受宠若惊。

但她的第一反应是畏惧和退缩："我不会柔情细语，又很倔强。总之，作为一个女人，我缺乏被人爱的自信。"

她逃避了一个半月，才鼓起勇气回应了爱的信号，两个人"电话交往"了八个月后，才真正走到了一起。

除了电话和工作以外的场合无法亲密相处的两个人，把工作场所变成了最亲密的约会处。

三浦君曾半开玩笑地说，只要这段关系维持到她二十岁生日，就结婚。

她听了，笑着"嗯"了一声。

听着像少男少女未谙世事轻率的约定，没有人会相信，这对金童玉女真的已在心中郑重规划共同的人生。

七

二十岁那年，她如约向歌迷们公开了恋情："我有特定的恋人，他的名字……就是三浦友和！"

这个消息引起了不小的轰动，祝福者有，质疑者有。而她那位曾打着"山口百惠父亲"的招牌骗经纪公司的钱，私自将百惠像商品一样"卖"给另一家公司并侵吞了转移费的生父，却在此时泼冷水，"那孩子和三浦君不会结婚吧，她是知道自己所处的地位的"，暗指百惠的私生子身份。

这一次，她选择彻底斩断了跟生父的来往。

在后来的《苍茫时分》中，她提到，从那时开始她就决定不再去看望生父，将来也不会去参加他的葬礼。

曾经习惯了懦弱和忍让的她，在岁月的洗礼与爱的浸润中慢慢变得坚定而强大。

1980年，山口百惠在东京武道馆举办告别演唱会。

最后一曲《再见的彼方》唱罢，她放下话筒，对着歌迷们落泪鞠躬，转身离去。

她留给娱乐圈最后的印记，是舞台中央那个孤独的话筒、穿着婚纱裙的决绝身影，以及一段悲壮而美丽的隐退宣言：

"我决心好好活着，作为一个人，作为一个女人，作为一个妻子，作为一个母亲，我决心去爱，去经历创伤，笑着，哭着，喊着生活下去。"

听起来像是一场豪赌——哪怕前方布满荆棘，我也要去奔赴我要的人生。

所幸的是，她赌赢了。

人生的后半场，她再也没有回过这个赠予她无限荣耀的舞台。

有记者问她："你对娱乐圈不留恋吗？"

"是的，不留恋。"她答，"在我二十一年的人生当中，第一次遇到了值得我珍惜的人。只要在他的身边，从今以后的我会成为最像山口百惠样子的山口百惠。"

宣布隐退后一个月，山口百惠和三浦友和结婚了，证婚人正是前辈宇津井健，也是百惠心里真正的父亲。

婚礼上的百惠一袭白纱，笑靥如花，那是一种和爱人在一起才有的欢欣。

就这样，山口百惠消失在公众视野，做起了人间烟火里的寻常煮妇，为她最爱的人洗衣、做饭、洒扫。

八

自她归隐，呼唤她复出的声音甚至造谣她复出的消息长年不断，但她从未动摇与彷徨。

对她来说，家庭给予的幸福感，是多少片酬和奖项都换不来的。

浮华喧嚣的娱乐圈并不是她的驻足地，她最大的愿望，不过是一日二人三餐四季。

结婚伊始，三浦夫妇立下三个誓约：三浦友和五十一岁开始戒烟，诚实做人，生活中不能耍滑头，不背叛山口百惠，绝不允许出轨。

也许是因为不幸的童年经历，她在内心深处，比任何人都渴望做一名全心全意的妻子。

对于这个决定，山口百惠当时所在的公司出乎意料地同意了，反倒是来自社会的压力更大。

有人嘲讽"她和别的女人没有什么区别"，认为她骨子里还是属于需要依靠丈夫养家度日的传统日本女人，甚至有人批判她的隐退是日本女人独立的倒退。

然而，谁来定义什么是女人的独立？

"一个人活在世上能够深深懂得什么才是最宝贵的，它可以是工作，也可以是家庭。"这是山口百惠理解的独立。

就像她在隐退后的自传《苍茫的时刻》中写道："战胜自己才最需要惊人的勇气。"

她只不过找到了想要的东西，并用自己今后所有的人生去完成它。

她"没有一点遗憾"。

九

山口百惠的隐退，也意味着和三浦友和的"金童玉女"组合在银幕上谢幕，为此，三浦友和的事业一度低沉。有一段时间，他们的家庭条件甚至称得上拮据。这期间，人们呼唤山口百惠复出，制片方和广告商的高价邀约也不时送上门来……最终都被山口百惠拒绝了，她说，她一心只想照顾好这个家。

他们养育了两个儿子，十几年如一日，她每天早上五点半起床，为家人做早饭；为了家庭精打细算，家具贵的不要，喜欢的包包因为价格舍不得买，甚至学着像一般主妇一样去市场砍价……无论三浦友和外出工作回家多晚，她永远为他亮着一盏灯。

曾经风靡万千观众的美丽女神，真的完全过上了洗手做羹汤的平凡主妇人生。但她，乐在其中。

三浦友和曾说，山口百惠或许不像粉丝们想象的那样完美无缺，但无论是被媒体纠缠，还是被嘲讽丈夫待业在家，她都从不说泄气话，也从不发牢骚，默默地站在他身边支持他，"这对我帮助太大了"。

骨子里的同质，加上长时间的相爱相处，让他们越来越相像。

三浦友和曾用"相性好"（情投意合）来形容和妻子的关系，他的散文集《相性》和山口百惠的自传《苍茫时分》里所透露出的温柔敦厚以及对生活的要求，惊人地相似。

这或许是人们常说的，相爱的人待在一起久了，会变得越来越像吧。

三浦友和曾感叹："没有她，真不知道日子该怎么打发，下辈子还娶山口百惠。"

爱妻如命的他还主动买下了邻近的居所，把山口百惠身体不太好的母亲接来一起住，以享天伦之乐。

每年结婚纪念日，他们都会对彼此说："谢谢你，今后请多关照。"

十

这是一个不平凡的女人，生得清新纯美，气质不凡，老天还给了她美妙的歌喉、浑然天成的演技，以及一颗金子般的心。

最难得的，却是在经历过不幸的童年以及娱乐圈的繁华喧嚣后，她始终看得清自己。

在最好的年华，决然挥别如日中天的事业，努力去过自己想要的人生。

她曾说："从小到大，每当遇到了痛苦的事情，我就会捏紧拳头忍耐。那个时候，眼泪是绝对不能流的，我痛苦的心、想哭泣的心，都是这个紧紧握着的拳头给予保护的。"

那个坚强得让人心疼的姑娘，是因为遇到三浦君，才开始变得柔软、温和的。

她珍惜有他的人生，如同珍惜这世间所有美好的馈赠。

被粉丝们奉为爱情神话的背后，是她全心全意的投入与经营，还有三浦君几十年如一日的呵护与陪伴。

每年的11月22日，是日本"恩爱夫妇日"，当天媒体会评选出"最佳名人夫妇"，他俩是冠军的常客。

被拍到过无数日常生活的样子，像所有的中年夫妇一样，他俩也开始些微发福、苍老。然而不变的是，并肩走在他身边的她，依然如山茶花般美丽的笑容。

　　"既然结了婚，一定要白头偕老"，这是二十一岁时的山口百惠许下的誓愿。

　　恩爱夫妻，白头到老。

　　这样一个简单却又不简单的梦想，他们正在为我们实现。